AF302113

Brigitte Anna Lina Wacker

KITA

PAULA

CASSY

Wahre Hundegeschichten

Wenn Liebe einen Weg zum Himmel fände
und Erinnerungen Stufen wären,
würden wir hinaufsteigen und Dich zurückholen.

KITA

Der Abschied

Ich sitze auf der Ladefläche unseres alten Autos. Tränen strömen über meine Wangen und mein Herz ist schwer. Unser langjähriger Tierarzt fasst in die Flanken meiner treuen Hündin Kita. Fassungslos schüttelt er den Kopf.

„Sie hat ja überhaupt keine Muskeln mehr! Die rechte Seite des Hinterlaufs ist bereits total eingefallen. Kein Vergleich mehr mit dem Hund, den ich vor drei Tagen untersucht habe. Da kann ich wirklich nichts mehr machen." Er sieht mich fragend an. Ich vermag meiner Hündin nicht in die Augen zu schauen, doch ich muss es tun. Hilflos flehend blickt sie von einer Person zur anderen. Auch mein Mann steht mit feuchten Augen vor mir, immer wieder den Hund streichelnd. Es zerreißt mir fast das Herz, als ich den Tierarzt bitten muss, meiner Kita die erlösenden Spritzen zu geben. Ich sehe, dass es ihm unglaublich schwer fällt, meiner Bitte nachzukommen. Aber es muss sein, denn sie leidet unter ihren Schmerzen. Am Tag zuvor habe ich meinem Wunsch Ausdruck verliehen, meiner „Kleinen" einen würdigen Tod zu ermöglichen. Doch was ist „würdig"?
Sicherlich nicht ein Sterben unter körperlichen Qualen und eine Leidensverlängerung. Das hat Kita nicht verdient!
Die erste Spritze wird injiziert. Kita liegt mit dem Kopf neben meinen Knien und kämpft trotz ihrer Schmerzen. Ist die Entscheidung richtig? Will sie

überhaupt sterben oder lieber bei mir bleiben? Ich möchte in ihre Augen sehen, stehe auf und knie mich vor die Ladefläche. Doch Kita gibt mir zu verstehen, dass sie mich an der Seite haben und sich an mich kuscheln möchte.

Ich habe sie oft „meine kleine Nase" genannt, denn ich habe vor über dreißig Jahren meinen Geruchssinn verloren. Vorsichtig schiebe ich meine rechte Hand unter ihren Kopf, lege die Finger ganz dicht an ihre zarte kleine Schnauze und beginne, diese vorsichtig und beruhigend zu streicheln. Ich war die Einzige, die ihr diese Zärtlichkeit in all den Jahren geben durfte.

Tränen rinnen unaufhörlich aus meinen Augen. Ich merke, dass meine Hündin immer ruhiger wird. Mit letzter Kraft singe ich leise ein mir altvertrautes Lied: „La-Le-Lu, nur der Mann im Mond...."

Die Stimme will brechen, aber ich singe tapfer weiter. Dieter hat ebenfalls Tränen in den Augen. Liebevoll streichelt er über das weiche Fell. Der Schmerz ist für uns kaum zu ertragen. Mit den Nasenlöchern ganz dicht an meinen Fingern schläft Kita endlich ein.

Der Tierarzt geht in seine Praxisräume, um mit der zweiten Spritze zu uns zurückzukommen. Ich spüre, dass er zögert. Fragend und prüfend schaut er mich erneut an. Ich bin zu keiner Regung fähig. Noch einmal lässt er forschend die Hand über die Flanken

der schlafenden Hündin fahren. Ich spüre seine Traurigkeit. Viele Jahre hat er unsere Kita behandelt. Sehe ich Tränen in seinen Augen? Ganz leicht nicke ich mit dem Kopf. Ich bin so weit, kann sie gehen lassen. Ein Ruck durchfährt ihn. Zögernd kommt er mit der entscheidenden Spritze näher und setzt an. Es gibt kein zurück mehr. Der Schmerz in mir wird übermächtig. Ich möchte laut schreien.
Meine Hündin liegt warm und weich in meinem Arm. Nie wieder werden ihre wunderschönen braunen Augen mich anschauen. Nie wieder wird sie am Abend zum Gute-Nacht-Sagen zu mir kommen. Nie wieder wird sie erwartungsvoll auf meine Hand und die Hosentasche schauen, um ein Leckerli abzustauben.

Nie wieder – nie wieder. Diese Worte drängen sich unbarmherzig in mein Bewusstsein, drehen sich wie in einem Hamsterrad. Ich bleibe auf der Ladefläche sitzen. Der Tierarzt fühlt nach dem Puls und sieht mich traurig an.
„Sie ist hinübergegangen".
Mehr Worte kommen nicht über seine Lippen. Voller Zweifel schaue ich zu ihm empor.

„Aber...", stocke ich. „Sie fühlt sich noch ganz lebendig an. Sie lebt noch. Sie ist noch hier bei mir."
Er tastet erneut, schaut erst mich und dann die Hündin an, geht zurück in seine Praxis und kommt mit einer weiteren Spritze. Kita ist warm, ihr Fell so weich wie immer. Gerade bei den Ohren ist es samtweich und zart. Ich streichele sie weiter,

unaufhörlich. Nein!!! Sie kann nicht einfach gegangen sein! Ich habe doch nichts bemerkt!

„Bitte, geben Sie ihr noch eine halbe Dosis", flehe ich. Der Arzt kommt meiner Bitte nach und geht dann fort, um das Stethoskop zu holen. Wieder vergeht Zeit.
„Sie ist jetzt wirklich tot".
Die Stimme dröhnt in meinen Ohren. Ich will nicht aufstehen und nach Hause fahren. Dann folgen Worte, die ich einfach nicht verstehe.

Der Doktor wendet sich mir zu und meint: "Bleiben Sie ruhig noch eine Weile sitzen, damit sie Sie noch spüren kann."
Tausend Fragen durchströmen mich. Ich denke daran, dass Kita doch nun gestorben ist. Wie kann sie mich da spüren? Wo ist meine geliebte Hündin jetzt? Wo ist ihre Seele? Kann sie mich noch sehen? Ist sie schon für immer fort? Gibt es einen Himmel für Hunde?

Stumm bleiben wir noch einige Minuten zusammen. Dann erhebe ich mich, bedanke mich dafür, dass wir mitten in der Nacht kommen durften und für die liebevolle Behandlung in den letzten Jahren.
Wir steigen in unseren Pkw und fahren zurück nach Hause. Trotz des unglaublichen Schmerzes und der vielen Tränen sitze ich am Lenkrad. Mein Verstand und meine Seele wollen nicht begreifen, was in den letzten beiden Tagen geschehen ist. Daheim angekommen legen wir behutsam den warmen

Tierkörper in das vertraute Hundekörbchen. Kita sieht aus, als würde sie sanft und friedlich schlafen. Wir zünden im Treppenhaus eine Kerze an und gehen traurig in unsere Wohnung.
Mein Mann nimmt mich wortlos in die Arme. Wir müssen unseren Schmerz irgendwie ertragen. Es gibt kein Entrinnen. In diesem Moment gibt es nur noch Trauer und Verzweiflung.

Der große Schmerz

Trauer ist ein tiefes Loch und nichts vermag dieses Loch zu füllen. Kein Wort, kein Trost, kein lieber Gedanke, kein Engel. Selbst Gott ist in diesem Moment zu klein.
Das Loch ist so groß und schwarz, dass es alles verschluckt. Arbeit und Denken werden unmöglich.
Positive Gefühle ertrinken in Trauer.
Schmerzblasen steigen auf aus der Körpermitte, berühren das Herz, das mühsam den Lebenssaft schwerfällig und dröhnend durch seine Bahnen pumpt.

„Schrei doch!", tönt es in meinem Kopf.
Wo könnte ich schreien? Er muss raus, dieser innere Schrei. Doch man könnte ihn überall hören. Der Versuch, unter Decken und Tüchern zu schreien, scheitert. Er ist zu laut, unbändig, gewaltig. In mir jedoch scheint er alles zu zerreißen. Explosionsartig schießen Tränen aus den Augen. Worte und Gedanken verschaffen sich Raum. Sinnloses Gestammel, kurioses

Durcheinander, alles fällt in dieses tiefe Loch. Kampf ist zwecklos.

Ich gleite hinein in die schwarze, alles verschlingende Tiefe und ergebe mich. Für einen Moment lässt der Schmerz mich los. Aufatmen – lächeln – vorwärts schauen! Dann kommt die nächste Schmerzblase, reißt mich fort und wieder falle ich.

Ein Blick in den Garten, wo auch die Erinnerung lebt. Schmerz schüttelt und rüttelt mich. Nie wieder – nie wieder. Das Loch wird größer und tiefer. Die Begegnung mit dem Tod ist unausweichlich. Wie oft schon begegnete er mir? Er begleitet mich Tag für Tag. Und obwohl ich ihn schon so oft miterlebte, bei Mutter, Vater, Großeltern, Freundinnen und Schulkameraden, bei meiner ersten großen Liebe wie auch bei meinem geliebten Robert, selbst bei dem kleinen Boxer Balu, dem treuen „Kumpel" meines Mannes. Ich stumpfe nicht ab. Im Gegenteil, der Tod wird immer unbarmherziger, selbst in seiner Barmherzigkeit. Er reißt Löcher in mein Leben und dieses Mal ist es ein ganz besonders tiefes.

Obwohl – ich trauere „nur" um einen Hund, um meine Hündin Kita, meine treue Begleiterin. Über dreizehn Jahre lang war sie meine Lebensgefährtin, meine beste Freundin und überwand mit mir viele schwierige Situationen.

Sie liebte mich auch ungestylt und ungewaschen, schwitzend, unfrisiert, wütend oder emotionsgeladen. Sie vertraute mir und meiner Liebe. Wir waren ein tolles Gespann. Voller Dankbarkeit und Liebe schaue ich jetzt zurück.

Die Entscheidung

Mein Sohn war flügge geworden und verließ nach seinem Wehrersatzdienst in einer Klinik unser Haus in Hessen, um in Hannover sein Medizinstudium zu beginnen. Es war ein großes Glück, dass er in der von ihm gewünschten Stadt seinen Studienplatz bekam. Das Haus war von nun an still und leer, denn mein damaliger Ehemann Werner arbeitete als Handwerker meistens außerhalb und war oft tagelang unterwegs. Selbstverständlich hatte ich viel und genug Arbeit mit Haus und großem Garten, meiner Tätigkeit als freischaffende Künstlerin und zusätzlicher Seminararbeit an diversen Volkshochschulen. Die Tage waren ausgefüllt. Und doch, wenn die Kinder plötzlich aus dem Haus sind, machen sich Einsamkeit und eine seltsame Leere breit.

Stunden und Tage zogen eintönig dahin. Alles erschien irgendwie sinnlos. Aufmerksam studierte ich morgens nach dem Frühstück die Tageszeitung. Mein Blick blieb an einer kleinen unscheinbaren Anzeige hängen: „5 Wochen alte Schäferhund-Husky-Welpen dringend abzugeben".

Ohne zu zögern ging ich zum Telefon und wählte die angegebene Nummer.
„Schmidt!"

Eine angenehme Stimme tönte mir entgegen. Ich nannte meinen Namen und fragte nach den Welpen.
„Wir haben zwei Rüden und fünf kleine Mädchen“, klang es in meinen Ohren. „Sie sind am Heiligen Abend geboren. Ein Rüde ist bereits verkauft. Sie müssen sich also beeilen, wenn Sie den anderen haben möchten.“
Wir verabredeten uns für den späten Abend und ich überraschte Werner mit meinem Vorhaben, als er müde, aber gut gelaunt, von der Arbeit kam.
Er lachte: „Das ist eine gute Idee, meine Liebe. Dann bist du nicht mehr so alleine und ich kann beruhigt zur Arbeit fahren. Komm, wir fahren sofort los.“

Der Weg führte über einsame Landstraßen in ein verschlafenes Bergdörfchen. Endlich fanden wir die vorgegebene Adresse. Die Tür des Fachwerkhäuschens öffnete sich und wir wurden von einem älteren Herrn freundlich begrüßt. Neben ihm lief eine große braune Schäferhündin, die mir sofort ihre Pfoten auf die Schultern legte, um mich abzuschlecken. Ich wähnte diese Begrüßung bereits als gutes Omen.

Über eine schmale Holztreppe führte der Weg in eine winzige Wohnung mit ebenso winziger Küche.
Der Raum war dermaßen klein, dass lediglich ein Küchenschrank, Spüle, Herd und Kühlschrank darin Platz fanden. In der Mitte des Zimmers stand ein großer Pappkarton, der mit Decken und

Zeitungspapier ausstaffiert als Hundehort diente. Überall auf dem Fußboden krabbelte und fiepte es. Der Mann hob ein dickes schwarzes Fellknäuel hoch und legte dieses in meinen Arm. Es war ein hübsches Tier mit braunen Augen und glänzendem Fell. Das also war der kleine Rüde! Enttäuscht bemerkte ich, dass er überhaupt keine Notiz von mir nahm. Im Gegenteil, er zappelte und forderte mich ungestüm auf, ihn abzusetzen.

Mein Blick fiel auf einen winzigen Welpen, der seinen Kopf auf ein weißes Plüschtier gebettet hatte und selig schlief. Er hatte goldbraune Ohren und ein weißes Hinterpfötchen. Er war unter den Heizkörper am Fenster der Küche gerutscht und kaum zu erkennen in diesem dunklen Winkel. Welch ein schönes Bild!

Da der Rüde teilnahmslos durch das Zimmer wackelte, war ich mir plötzlich nicht mehr sicher, ob ich ihn überhaupt noch kaufen wollte. Ich bat um Bedenkzeit. Mein Vater hatte mich gelehrt, über wichtige Entscheidungen erst einmal eine Nacht zu schlafen. Wir vereinbarten einen Telefontermin für den nächsten Vormittag und ich bat, den Rüden bis dahin für mich zu reservieren. Der Hundebesitzer war sehr enttäuscht und vermochte dieses auch nicht zu verbergen.
„Was geschieht denn mit den anderen Welpen?", fragte Werner.
„Die müssen jetzt weg", meinte der Mann entschlossen. „Wir inserieren bereits seit Wochen

und müssen uns dann auf andere Weise von ihnen trennen. Wir können ja in der Küche kaum noch zutreten."
Ich fror plötzlich. Wollte dieser Mann die Tiere ertränken oder erschlagen? Warum sprach er nicht vom Tierheim? Wir verabschiedeten uns schnell und fuhren ziemlich aufgewühlt zurück nach Hause. Nach langem Gespräch beschlossen wir, am nächsten Morgen sofort zum Hundebesitzer zu fahren, den Hund aber nur dann zu kaufen, wenn dieser uns wiedererkannte und auf uns zulaufen würde. Es kam anders, denn in der Nacht träumte ich von der kleinen Mischlingshündin, die unter der Heizung gelegen und ihren Kopf auf das Stofftier gelegt hatte. Ganz deutlich war das weiße Pfötchen zu erkennen.
Wenn das kein Zeichen des Himmels war!

Beim Frühstück erzählte ich sofort Werner von diesem Traum. Der Kauf des kleinen Rüden war plötzlich kein Thema mehr. Wir wollten uns vom Traum leiten lassen und stellten folgende Bedingung: Die kleine Hündin musste uns ein Zeichen geben und sofort begrüßen. Sonst würde nichts aus dem Hundekauf.

Als wir erneut bei dem Fachwerkhaus ankamen, öffnete uns eine freundliche Frau. Ihr Mann sei gerade mit der Hundemutter unterwegs, erklärte sie. Kaum, dass wir die Wohnung betraten, kam das kleine Weißpfötchen auf mich zugelaufen, als wäre ich eine alte Bekannte. Es strich um meine Beine wie eine Katze und ließ sich willig und gerne in meinem Arm nieder.

Ich verliebte mich sofort in die Kleine. Hätten wir den Rüden gekauft, ich hätte ihn „Nikita" genannt. So entschieden wir uns für den Namen „Kita".

Die nette Frau gab uns einen kleinen Karton und legte einen farbigen Werbeprospekt hinein, damit der Karton beim ersten Malheur nicht sofort durchweichte. Wir zahlten die geforderten fünfzig Mark und fragten nach dem nächsten Tierfuttermarkt. Bereitwillig gab uns die Frau Auskunft. Sie erzählte abschließend, dass unsere kleine Hündin die zuletzt Geborene des Wurfes sei und grundsätzlich ihren Kopf auf ein Kuscheltier lege. So eilten wir los, um Futter, zwei Näpfe, Decke, Halsband, Leine, einen Plüschhund und weiteres Spielzeug zu kaufen. Es sollte unserer kleinen Kita an nichts fehlen.

Ich hatte nicht mit der Kraft eines fünf Wochen alten Welpen gerechnet. Während der Fahrt versuchte dieses winzige Wesen mit aller Kraft, aus dem Karton herauszukommen, aber meine Hand drückte es immer wieder sanft zurück. Mehrfach biss Kita wütend und ungehalten in meine Finger. Welch ein temperamentvolles mutiges Tier!

Der Weg schien länger zu sein, als bei der Hinfahrt. Endlich kamen wir zu Hause an. Wir waren regelrecht geschafft. Zur Ruhe kamen wir jedoch nicht.

Wir legten den Flur im Eingangsbereich unseres Hauses mit Zeitungspapier aus. Schließlich hatte ich mich noch vor dem Hundekauf bei anderen Hundebesitzern erkundigt. Da Kita auch nach einer Stunde noch nicht ihr Geschäft gemacht hatte, beschlossen wir, sie nach draußen zu bringen und auf den großen Rasen hinter dem Haus zu setzen. Unser Grundstück war gut eingezäunt. Sie konnte uns also nicht weglaufen.

Gesagt, getan, sie büxte uns aus. Wir Dummköpfe hatten vergessen, sie an die lange Leine zu nehmen. Ich glaube, die Nachbarn haben hinter den Gardinen gestanden und sich schiefgelacht, als wir hinter unserem neuen Familienmitglied her hechteten. Auch nach endlosen zehn Minuten hatten wir sie noch nicht eingefangen. Wie konnte sie nur so flink ausweichen?

Werner meinte, wir sollten die Kleine einfach vereinsamen lassen und ging zurück ins Haus. Ich jedoch war voller Sorge um unsere Kita. Und, verflixt noch einmal und zugenäht, sie musste doch gehorchen...!

Ich sah verzweifelt auf dieses Bündel pure Energie und hätte heulen können. Ich war schließlich verantwortlich! Außerdem durfte sie nicht vor das Haus laufen, denn unter dem dortigen Zaun war zu viel Platz und sie hätte dann auf die Straße laufen können. In meiner Panik malte ich mir alles Mögliche aus. Ich blieb also im Garten und beobachtete. Dann endlich, nach langer Zeit, kam Werner zurück zu uns, in der Hand ein Leckerli.

Es verging aber noch einige Zeit, bis wir unsere Kita eingefangen hatten.

Wir legten sie auf ihre Decke im Flur des Hauses und setzten uns müde ins Wohnzimmer. Nach kurzer Verschnaufpause beschlossen wir, die Kleine so, wie uns geraten wurde, in einen größeren Karton zu setzen für die Nacht, damit sie ein Nest hatte und sich dort wohl und geborgen fühlen konnte. Wer hätte gedacht, dass ein Hundewinzling solch ein Geschrei und Gejammer machen konnte. An Schlaf war überhaupt nicht zu denken. Sie jaulte und fiepte, dass ich ein schlechtes Gewissen bekam und mich selber ausschimpfte, weil ich mich für eine Tierquälerin hielt. Die von mir am nächsten Tag befragten Hundehalter blieben jedoch bei ihrer Überzeugung, das Tier auf diese Weise an das neue Zuhause und einen festen Platz zu gewöhnen. Hätte ich doch bloß nicht darauf gehört!

Nach einigen Tagen besorgten wir total entnervt ein ausreichend großes Körbchen, legten Decken hinein und unser kleiner Hund war zufrieden.
Statt auf den ausgelegten Zeitungen das Geschäft zu verrichten, pinkelte die kleine Kita voller Freude in den nicht ausgelegten zweiten Flur unseres Hauses und natürlich fanden wir mitunter schöne dicke Häufchen vor. Alles Schimpfen hatte wenig Sinn. Auch das empfohlene Ducken in die kleine Pfütze schien sie nicht sonderlich zu stören. Sie schüttelte sich nach dem Geschimpfe und damit hatte es sich.

Alles änderte sich, nachdem sie endlich auch draußen in Feld und Flur regelmäßig ihr Geschäft verrichtete und Belohnungen erhielt. Endlich hatte sie verstanden und forderte ihre Leckerlis regelrecht ein. Bald schon leistete sie nur noch Gehorsam, wenn sie dafür auch eine Belohnung erhielt.

Erziehung unmöglich?

Die Spaziergänge mit Kita waren mühevoll. Trotz der acht Meter langen Leine zog sie wie verrückt, durchsuchte alle Pfützen und Löcher und fing an, nach Mäusen und Maulwürfen zu graben. Sie raste auf die Kühe zu, mutig und selbstbewusst und ich bekam so manches Mal ihre Zähne und Tatzen zu spüren, was mit der Zeit immer schmerzvoller wurde. Schütteln und Schimpfen, nichts wollte fruchten. Ich hatte ein Alpha-Tier erwischt. Am liebsten hätte ich sie wieder zurückgegeben.

Mein Nachbar meinte, ich solle seine Erziehungsmethode einmal ausprobieren und beim nächsten Vergehen dem kleinen Ungetüm entweder in die Nase oder in das Ohr beißen. Das wäre eine typische Strafe, die auch die Hundemutter der Kleinen angedeihen würde. Gesagt, getan, aber außer weiteren Beißattacken brachte es leider keinen Erfolg. Im Gegenteil. Kita schien sich darüber zu freuen, dass ich mit ihr balgen und herumtollen wollte. Von Erziehung keine Spur, ich war wohl einfach zu nachgiebig.
Zum Glück gibt es ausreichend Bücher, dachte ich eines Tages. So kam ein Wälzer nach dem anderen ins Haus, sogar ein Buch über schwererziehbare Hunde. Wir gingen so oft wir konnten zum Hundeplatz, aber alle Bemühungen, unserem Hund Gehorsam beizubringen, schlugen fehl. Nur wenn Leckerlis verteilt wurden, war unsere Hündin willens, Befehle auszuführen.

Wie sollte es also weitergehen? Zu meinem Entsetzen musste ich feststellen, dass der Garten, vor allen Dingen der Rasen, von Kita nicht verschont blieb. Metertiefe Löcher wurden gegraben. Hatte ich das eine sorgfältig verschlossen, dann war das nächste schon in einer anderen Ecke ausgebuddelt.

„Buddeltante", nannte ich sie oder ich schimpfte sie „Buddelliese" oder „Buddelmonster". Sie nahm keine Notiz von meinen Wutausbrüchen, sondern erfand ein neues Spiel. Alles, was sie von Nachbarn und Freunden an Ochsenziemern, Knabberstangen oder auch Schweineohren bekam, wurde in den Blumenrabatten eingegraben. Es dauerte eine Weile, bis wir diese Unart entdeckten. „Nein" sagen bzw. „Pfui", jegliches Geschimpfe oder in den Nacken packen brachte keinen erzieherischen Erfolg. Manchmal hätte ich vor Wut ihr Ohr abbeißen können, aber das schmeckte mir nicht.

Wohlmeinende Hundehalter machten uns darauf aufmerksam, dass die Erziehung unserer Hündin endlich Fortschritte machen müsste. Schließlich und endlich sollte ein Hund die nötigsten Befehle nach einem Jahr befolgen, um dann in vier Jahren vollkommen ausgebildet sein.

Alle anderen hatten natürlich brave Hunde. Wieso gelang es mir denn nicht? Aber ich hatte letztendlich noch drei Jahre Zeit bis dahin. Wir übten also täglich „bei Fuß" gehen. Das bedeutete nach Lehrbuch-Anweisung:

*„Bei Gehorsamsverweigerung drehen Sie sofort mit dem Hund um, stellen sich dort hin, wo Sie den Befehl erteilt hatten, lassen den Hund sitzen und erteilen dann erneut den Befehl „**Fuß**"!"*

Der Befehl sollte so kurz wie möglich sein und jedes überflüssige Wort vermieden werden. Doch auch mit diesen Erziehungsmethoden kam ich einfach nicht vorwärts. Drei Schritte vor und vier zurück. Es war zum Mäuse melken. Und außerdem, ich konnte ihr doch nicht jedes Mal zur Belohnung ein Leckerli geben!
Zumindest sollte Kita lernen, vor der Überquerung einer Straße an der Bordsteinkante sitzen zu bleiben. Wieder Fehlanzeige! Absolut lächerlich kam ich mir vor, als ich mich immer wieder selber hinkniete, um ihr begreiflich zu machen, was ich von ihr erwartete. Doch einige Zeit später kam ich dahinter, warum meine Bemühungen unweigerlich scheitern mussten, denn Werner lief mit ihr ohne anzuhalten über die Straße. Tja, warum sollte Kita dann bei mir sitzen bleiben?

Meine Erziehungsmaßnahmen fruchteten erst, nachdem bei mir eines Tages die Sicherung durchbrannte. In einem Anfall von Wut schmiss ich mich auf meine verdutzte Hündin, drehte sie blitzschnell auf den Rücken, legte meine Hände um ihren Hals und knurrte böse grollend, laut und gefährlich. Ich ließ sie erst wieder los, als sie endlich ruhig liegen blieb und aufhörte mit ihrer Zappelei.

Endlich hatte ich Erfolg. Von nun an respektierte mich diese junge Hundedame. Erst viel später, als sie ca. drei Jahre alt war, musste ich mit aller Kraft diese Prozedur wiederholen. Von jenem Tag an war ich für immer als Rudelführerin anerkannt.

Mit viel Freude jagte Kita im Garten hinter den Vögeln her und versuchte, die Katze des Nachbars zu fangen. Schnell bemerkte ich, woran dieses lag. Werner hatte einen Spaß daran, den Hund auf die Katze zu hetzen, denn wir hatten kein gutes Verhältnis zu unseren Nachbarn. Wieder einmal gab es Streit um die Erziehung des Hundes.
Ebenfalls beim Spazierengehen durch die Wiesen gab es viel Ärger und jedes Mal einen harten Ruck in der Schulter durch die lange, inzwischen zehn Meter lange Leine, wenn Kita versuchte, die Kühe zu jagen und ich sie bremsen musste. Meine Wirbelsäule machte diese Tortour nicht lange mit und so kam es immer wieder vor, dass meine Wirbel blockierten und ich tagelang unter Schmerzen litt.

Später kam mir der Zufall bei der Hundeerziehung entgegen. Ich hatte Kita von der Leine gemacht und sie lief in vollem Tempo auf die Kühe zu. Es machte ihr einen Heidenspaß, wenn die ganze Herde aufschreckte und auseinander stiebte. Doch an jenem Tag hatte es geregnet und die Wiesen wie auch meine Hündin waren sehr nass. Sie kam mit dem Kopf leider an den Elektrozaun. Es funkte und zischte laut. Kita quiekte erbärmlich. Von diesem Tag an hatten die Kühe Ruhe vor meinem ungebändigten Tier. Ich konnte erleichtert meine Runde durch die Felder und Wiesen gehen.

Im August wollten wir eine Woche lang Urlaub am Bodensee machen. Sieben Monate alt war unsere Hündin, die erste Läufigkeit stand bevor. Rechtzeitig fuhren wir zu unserer Tierärztin. Frau Doktor hielt unser Vorhaben für sehr leichtsinnig, da Kita noch nicht kastriert war und machte uns auf die Gefahren aufmerksam. Wir erinnerten uns daran, dass die Mutter von Kita ebenfalls mit sieben Monaten trächtig wurde und machten uns mit gemischten Gefühlen auf die Reise.

Zu unserer großen Erleichterung lief jedoch alles glatt. Kita war so aufgeregt in ihrem ersten Urlaub, dass sie sogar vernünftig an der Leine ging. Zur Belohnung durfte sie im Bodensee baden, natürlich an der langen Leine. Wir hätten unsere Kleine sonst nicht wieder an Land bekommen. Sie war eine begeisterte und hervorragende Schwimmerin.

Von nun an war keine Pfütze vor ihr sicher. Wir waren angehalten, bei Spaziergängen und Ausflügen genügend Handtücher für unsere Wasserratte bereitzuhalten, denn sonst hätten wir das dicke Fell niemals trocken bekommen.

Wir unternahmen herrliche Wanderungen. Überall wurde uns Wasser für unseren Vierbeiner zur Verfügung gestellt. Alle liebten Kita und sie ließ sich von jedem ausgiebig streicheln. Fast war es uns peinlich, denn sie forderte von denen, die mit uns sprachen, Nähe und Liebkosungen. Vielleicht lag es daran, dass sie ihre Mutter so früh verlassen musste, denn andere Hunde waren ihr ziemlich egal. Sie war ausschließlich auf Menschen fixiert und alle wurden herzlich begrüßt.

Eine Frau wurde von Kita ganz besonders verehrt. Während sie üblicherweise ihre Unterwürfigkeit demonstrierte, zählte das Verhalten dieser Frau gegenüber zu den großen Ausnahmen. Sie sprang hoch und verpasste besagter Dame treffsicher mit der Schnauze einen Kussabdruck auf eines der Brillengläser. Kita muss es wundervoll gefunden haben, dass ihr Opfer jedes Mal laut juchzte. Ich hätte im Erdboden verschwinden können vor Scham.

Die Kastration war nach dem Urlaub unvermeidlich. Wir wollten kein Risiko eingehen. Ich war entsetzt, als Kita ihre Narkosespritze bekam. Meine starke Hündin fiel mit einem Ruck in sich zusammen. Nach Stunden bangen Wartens konnte ich sie endlich abholen. Mit dem großen Plastiktrichter um den Kopf herum war sie lediglich ein großes Bündel an Hilflosigkeit. Zum Glück bekam sie für die nächsten Tage Schmerzmittel verabreicht.

Kita war still und geduldig. Sie genoss die vielen Streicheleinheiten. Die Operation und die lange Genesungszeit schweißten uns regelrecht zusammen. Mag sein, dass ich meine „kleine Nase" zu sehr verwöhnte, aber ich geizte nicht mit Leckerlis. Leider bekamen wir immer wieder von

Frau Doktor regelrecht Ausschimpfe, denn achtunddreißig Kilogramm waren ihr zuviel für einen Schäferhund-Husky-Mix. Ich konnte partout nicht finden, dass Kita zu schwer war. Sie war genau so richtig, wie sie nun mal war. Auf Diät wurde sie jedenfalls nicht gesetzt.

Mit Vorliebe fraß sie getrocknete Schweineohren. Eines Tages kam unser Schlachter auf die Idee, selber Schweineohren zu räuchern und für die Hunde zum Verkauf anzubieten. So brachte eine liebe Nachbarin eines dieser Schweineohren mit. Und das hatte schreckliche Folgen. Kita erkrankte schwer. Sie erbrach sich und bekam blutige Stühle. Täglich waren wir bei unserer Tierärztin. Wochenlang bangten wir um das Leben unserer Hündin. Der Durchfall war nicht zu stoppen und sie verlor täglich an Gewicht. Wie oft ich in das 14 km weit entfernte Städtchen fahren musste, weiß ich heute nicht mehr. Auf jeden Fall bekam sie seit jener Zeit keine Schweineohren mehr zu fressen.

Der Winter kam und mit ihm viel Schnee. Eine aufregende Zeit für unsere Kita. Sie liebte es, durch tief verschneite Gräben zu ziehen oder über Eisflächen zu rutschen. Dazu nahm sie Anlauf wie ein kleines Kind, drückte ihre Beine fest nach vorne und schlitterte viele Meter weit. Sie sprang in eisige Gewässer und freute sich über die Kälte. Vom Temperament her war sie nicht zu bremsen. Es war eine große Freude, ihr zuzuschauen.

Eines Tages kam Werner auf die Idee, ihr ein Halstuch umzubinden. Ein Schäferhund mit Halstuch! Wie kann man nur! Ich fand es einfach nur lächerlich, aber einen Tag lang musste ich es ertragen. Als wir zu Hause waren, folgte natürlich eine lange Diskussion darüber. Schließlich hatten wir kein Schoßhündchen gekauft und unsere Kita sollte meiner Meinung nach nicht aussehen wie „Mamas Liebling". Noch heute bin ich froh darüber, dass ich mich durchgesetzt habe.

Das erste Weihnachtsfest wurde ein ganz besonderes Erlebnis. Ich hatte Weihnachtswurst und kleine Geschenke liebevoll eingewickelt unter den Tannenbaum gelegt. Schließlich feierte Kita gleichzeitig ihren ersten Geburtstag. Auch für Werner und mich hatte ich den Weihnachtstisch liebevoll vorbereitet. Am Abend stellte ich meine alte Spieluhr an und gespannt öffneten wir die Tür zum Weihnachts-Wohnzimmer.

Kita wusste sofort, was die Geschenke auf dem Fußboden bedeuteten. Voller Freude sahen wir, wie sie jedes einzelne Teilchen vorsichtig in die Vorderpfoten nahm und dann sorgfältig und mit spitzen Zähnen auspackte. Sie freute sich über alles und wir schauten andächtig zu. Mit ihren Plüschtieren spielte sie gerne und quietschte stundenlang damit herum, bis es uns nervte.

Ein ganz besonderes Geschenk für sie war ein Gummiball mit Schlaufe. In diesem Ball befand sich

ein kleines Glöckchen. Stundenlang kaute sie auf diesem Ball herum, bis ich ihr endlich bei gutem Wetter zeigen konnte, was es mit dem Ball auf sich hatte. Ich warf ihn ca. dreißig bis vierzig Meter weit, sie raste hinterher und fing ihn nach dem ersten Aufprall in der Luft. Ungebremst lief sie einen Halbkreis, um mit einem Höllentempo zu mir zurückzukommen.
Anfangs war es eine schwierige Aufgabe, Kita beizubringen, den gefangenen Ball zu mir zurückzubringen. Aber ich war unendlich geduldig mit ihr. Für die nächsten drei Jahre war dieses unser liebstes Spiel. Jeder konnte sehen, wie meine Kleine mit leuchtenden Augen und grinsender Schnauze zu mir zurückkam. Sie trainierte auf diese Weise Schnelligkeit und war bald der ausdauerndste und tatsächlich schnellste Hund unserer Siedlung.

Mit ihrer weißen Labrador-Freundin Julia lief sie gerne über die Felder und es machte beiden Spaß, lange Pappel-Äste zu tragen. Eine links, die andere rechts.

Eines Tages machte ich einen verhängnisvollen Fehler. Ich lief mit Julias Frauchen durch die Felder und verlor die Hunde aus den Augen, weil ich mich in ein Gespräch vertieft hatte. Auf einmal fühlte ich in der linken und gleichzeitig in der rechten Kniekehle einen harten Stoß, verlor den Boden unter den Füßen und landete hart auf dem vom Traktor plattgefahrenen Sommerweg. Julia – links -

und Kita – rechts - hatten mich im vollen Lauf zu Fall gebracht.

Der Schmerz zog durch die Wirbelsäule und kam zum Kopf wieder heraus. Ich vermochte nicht mehr zu atmen, geschweige denn ein Wort oder einen Schrei hervorzubringen. Das Gefühl machte sich breit: Jetzt hast Du eine Querschnittslähmung. Ich war unfähig aufzustehen.

„Soll ich einen Krankenwagen herbeiholen?", fragte meine Begleiterin besorgt. Mühsam und langsam kam ich wieder auf die Beine. Vier braune Hundeaugen schauten mich verwundert an. Ich konnte den Hunden nicht böse sein.
Leise jammernd versuchte ich die ersten Schritte.
Noch Tage später taten mir mein Hinterteil und der untere Rücken ziemlich weh. Von diesem Tag an passte ich besser auf.

Schlimme Zeiten

Die Tage vergingen. Aus meiner Kita war endlich eine gute Begleithündin geworden. Allerdings bemerkten wir bei unseren Ausflügen häufig, dass Fremde einem Schäferhund nicht immer wohlgesonnen waren. Obwohl wir unzählige Plastiktüten in unseren Hosentaschen trugen, wurden wir angefeindet, wenn unsere Kleine in der Stadt oder auf dem Bürgersteig ihr Häuflein absetzte. Manchmal jedoch fehlten geeignete

Grünflächen! Wir sammelten unverzüglich die kleine Bescherung auf, dennoch hagelte es Vorwürfe. Dumme Menschen eben, so trösteten wir uns.

In der Nachbarschaft musste es aber jemand ganz besonders auf unsere Hündin abgesehen haben. Im Vorgarten wurden oft in den Beeten oder unter Büschen Wurst- und Kuchenstücke versteckt. Alle Hundebesitzer waren bereits durch die Presse informiert worden, dass ein Unhold Futter mit Gift oder Glasstückchen in verschiedenen Orten ausgelegt hatte. Einige Hunde waren daran gestorben, andere hatten schwerverletzt überlebt. Aber wer wagte sich nun auf unser Grundstück?

Eines Abends entdeckten Kita und ich unter einem Rosenstrauch fast gleichzeitig ein Stückchen Kochmettwurst. Selbstverständlich war sie schneller als ich und stürmte mit ihrer Beute in den Vorgarten. Es war schon eine Kunst, unserer verfressenen und verspielten Hündin die gefundene Wurst abzujagen. Eine unbeschreibliche Panik erfasste mich. Laut schreiend lief ich hinter ihr her. „Aus! Gib das sofort Frauchen! Aus!"

„Aus!" war das Zauberwort. Gehorsam ließ sich Kita die Beute abnehmen. Kurze Zeit später wiederholte sich dieser Vorfall. Wir fanden in einer Tüte Kuchenstücke. Doch auch hier verlief alles glimpflich. Selbstverständlich lobte ich meine Hündin über alle Maßen und sie bekam zur

Belohnung Streicheleinheiten und ein ganz besonders großes Leckerchen.

An den Tagen danach habe ich die Hundebesitzer in der Nachbarschaft über diese Vorfälle informiert. Wir alle lagen sprichwörtlich auf der Lauer, jedoch ohne Erfolg. Bei niemandem sonst wurden Wurst- und Kuchenreste gefunden. Ich sprach mit meiner Tierärztin, denn zu gerne hätte ich meine Fundstücke auf Giftstoffe untersuchen lassen. Da ich aber nicht reich begütert war, riet sie mir von meinem Vorhaben ab. Ich musste somit äußerst wachsam sein. Regelmäßig suchte ich in den folgenden Jahren das Grundstück nach ausgelegtem Gift ab.

Es war eine große Unart unserer freiheitsliebenden Kita, beim Erblicken fremder Hunde und deren Besitzer auf diese zuzulaufen, quer über Felder, mitunter über fünfhundert Meter weit. Doch das passierte recht selten. Alle Einheimischen gewöhnten sich schnell an die stürmische Begrüßung und fleißig wurden Leckerlis verteilt.

Leider kam es dann eines Tages zu einem unvermeidlichen Zwischenfall. Ich vermeinte damals, eine entfernt wohnende Bekannte mit ihrem neunzehnjährigen Schäferhund und einem ihrer Söhne in Begleitung zu sehen. Unsere Hunde mochten sich, sahen sich täglich an unserem Gartenzaun.

Freudig stürmte Kita über die damals leerstehende Weide auf ihren vermeintlichen Freund zu. Ich sah noch, dass der Mann in die Tasche griff und etwas hervorholte. Dann folgte ein lauter Schuss in unsere Richtung.

Mein Herz krampfte zusammen. Ich fühlte nur Schmerz in meiner Brust, sah den Hund wenden und in Windeseile und unversehrt auf mich zu laufen. Der Schmerz in meiner Brust ließ aber nicht nach, und ich geriet beinahe in Panik. Jedoch stelle ich nach gründlicher Untersuchung fest, dass auch ich nicht getroffen war. Es handelte sich wohl einfach nur um einen mentalen Schock. Kita kam nach meinem Ruf sofort zu mir gelaufen. Auch sie war unversehrt. Erleichtert nahm ich meine Hündin an die Leine. Die Freude am Spaziergang war mir an diesem Tag regelrecht vergangen.

Wie sollte es weitergehen. Der Husky in meiner Mischlingshündin war zum Laufen geboren. Das Üben am Fahrrad scheiterte daran, dass sie jeden, der uns begegnete, freudig begrüßen wollte. Mit ihrer Kraft riss sie mich nahezu jedes Mal vom Fahrrad. Es war für mich viel zu gefährlich. Einsame Strecken, wo gab es diese? Trotz Schlaufenball-Werferei hatte Kita einen großen Lauf- und Freiheitsdrang. Sie grundsätzlich an der Leine zu führen, wäre Tierquälerei gewesen. So ließ ich sie frei durch die Gegend laufen, wenn ich absolut sicher war, mit ihr alleine zu sein oder wenn wir auf bekannte Hundehalter trafen.

Fast alle Hundebesitzer der Siedlung waren zur gleichen Zeit auf dem Weg durch die Wiesen. Unsere Hunde hatten ein ausgeprägtes Rudelverhalten. Sie balgten und spielten, dass es eine Freude war zuzusehen. Die Rangordnung war von den Tieren eingeübt und festgelegt worden.

Inzwischen war Kita viereinhalb Jahre alt. Sie tobte mit zwei Hündinnen über eine Wiese, als plötzlich ein Fremder mit Berner Sennenhund vor uns auftauchte. Wir Erwachsenen hatten zwar die Hunde im Blick gehabt und uns über unsere Rasselbande gefreut, doch hatten wir nicht genügend aufgepasst. Ich sehe alles noch heute vor meinen Augen, als wäre es erst gestern passiert. Kita lief auf die Fremdlinge zu, fröhlich hüpfend und springend. Sie wollte beide begrüßen. Der Schwanz wedelte, Vorfreude war deutlich sichtbar. Dann – ein Tritt des Fremden.

Das Jaulen meiner lieben Hündin war weithin zu hören. Sie flog durch die Luft und landete in einem kleinen Graben. Eigentlich wäre sie sofort wieder herausgeklettert, doch nichts dergleichen geschah. Ich lief zur Unglücksstelle, hatte nur noch Augen für meine Hündin. Sie lag verdreht in einer Wasserlache und war nicht mehr imstande, sich aus eigener Kraft zu befreien, während der Fremde sich unbeteiligt entfernte.

Vorsichtig hoben wir Kita aus dem feuchten Nass und halfen ihr zurück auf den Feldweg. Sie konnte jedoch nicht mehr laufen. So trug ich sie mehrere hundert Meter weit zurück zu unserem Haus. Achtunddreißig Kilogramm auf vier Beinen waren unerwartet schwer für mich. Mühsam hielt ich durch, setzte sie immer wieder kurz ab. Dann fuhren wir zu unserer Tierärztin.

Nach der Röntgenaufnahme unter Narkose wurde ein Kreuzbandriss diagnostiziert. In einer mehrstündigen Operation wurde unsere Hündin gerettet. Das Kreuzband wurde aus ihrer eigenen Knochenhaut angefertigt. Der Eingriff war sehr aufwändig und niemand wusste, wie es weitergehen würde. Könnte unsere Kita später wieder unbeschwert laufen? Zum Glück hatten wir eine Hunde-Operationsversicherung abgeschlossen. Fast zweitausend Euro kostete der Eingriff. Er machte sich bezahlt, denn alles verlief gut. Dennoch, ich war schwer erschüttert.
Den verantwortlichen Hundebesitzer kannte leider niemand. Ich konnte ihn nicht ausfindig machen und somit gab es für sein niederträchtiges Verhalten keine Strafe.
 Nach einigen Wochen konnten wir die ersten kurzen Runden gehen. Nie hat unsere Kita gejammert oder geknurrt. Sie ertrug ihre Schmerzen mit Bravour. Wir Menschen stellen uns mit unserem Gejammer wesentlich schlimmer an.

Fast ein Jahr später, an meinem Geburtstag, riss während unseres Morgenspaziergangs das Kreuzband des anderen Beines. Bis heute habe ich den Schrei meiner Hündin in den Ohren. Sie schrie wie ein Kind. Wieder musste ich sie nach Hause tragen. Die Ärztin meinte, der Riss wäre die Folge der Überbelastung nach der erlittenen Operation. Wieder folgte ein mehrstündiger Eingriff. Von nun an wurde alles anders. Wir durften nie wieder mit dem Schlaufenball spielen. Schwere Äste durften nicht mehr transportiert werden. Lange Spaziergänge waren zu meiden.

Die zweite Operation verlief zwar komplikationslos, jedoch verlor Kita viel von ihrer unbeschwerten Fröhlichkeit.

Veränderungen

Die Trennung von Werner war ein schwerwiegender Schritt in meinem Leben. Kita war gerade sechs Jahre alt geworden. Durch einen schlimmen Konkurs vor unserer Eheschließung besaß mein Mann nur noch seinen Namen. Nach unserer Heirat hatte ich alles, was wir zum Überleben brauchten, auf meinen Namen übertragen lassen. Somit stand ich für das, was wir besaßen, alleine in der Verantwortung. Ich war ziemlich ungewollt, unverhofft und auch ohne Firmenkenntnisse Chefin und Hausbesitzerin geworden. Meine Schulden waren dadurch enorm gewachsen. Rücklagen waren schnell verbraucht und oft war das Geld knapp. All das wäre zu ertragen gewesen, hätte die Liebe in unserer Beziehung Bestand gehabt.

Manchmal hatte ich das Gefühl, unsere Ehe bestünde lediglich auf dem Papier und ich wäre ausschließlich wegen des Konkurses geheiratet worden. Meinen Beruf als freischaffende Künstlerin konnte ich nur noch nebenbei ausüben. Pflichten und Sorgen wechselten sich ab und immer mehr Lasten legten sich auf meine Schultern. Sicher, Werner arbeitete viel, kam aber immer seltener an den Wochenenden nach Hause.

Ich baute Gemüse im Garten an, um Vorräte zu schaffen, sparte an allen Ecken und Enden, aber das Geld war knapp. Kaum, dass wir uns finanziell erholten, spielte irgendein Bauherr verrückt, leistete keine Zahlung mehr oder es gab andere Mängel, die unser Budget schmal hielten. Jeder Hausbesitzer weiß, wie teuer Reparaturen sind. Wenn dann noch das Auto kaputt geht, ist man mit seinem Latein am Ende. Wir sahen uns nur noch äußerst selten. Jeder arbeitete über seine Kraft hinaus und somit lebten wir uns immer mehr auseinander. Der Versuch einer Paartherapie scheiterte an Werners Terminen und der fehlenden Möglichkeit, am späten Abend einen Therapeuten aufsuchen zu können.

Kita und ich waren oft wochenlang alleine. Sie gehorchte mir inzwischen fast ausnahmslos und abends war es wunderschön, wenn sie neben der Couch ihren Platz einnahm und sich von mir streicheln ließ. Es waren beglückende Stunden mit ihr. Die Wärme und Nähe tat uns beiden gut.

Draußen spielten wir entweder Fußball oder im Sommer Kartoffel- und Erbsenernte. Es gab kaum einen Wurf oder Schuss, den meine Kleine nicht hielt. Sie war eine gute Torhüterin. Das Spiel, hinter ihr herzulaufen, um den Ball wiederzuholen, brachte ihr riesigen Spaß. Ich hatte mit meinen langen Beinen überhaupt keine Chance.

Noch schöner aber war besagte Kartoffelernte. Ich grub die Kartoffeln ein und sie schaute mir aufmerksam dabei zu. Danach musste ich das Beet mit einem Maschendraht einzäunen. Schließlich hätte Kita alle Kartoffeln sofort wieder ausgebuddelt. Also wartete sie geduldig auf den Spätsommer und darauf, dass ich mit dem Spaten kam. Ich erntete täglich für eine Mahlzeit und es war ihr Privileg, die ganz kleinen Kartoffeln zu „ernten". Na ja, es bedeutete, dass ich sie genau in ihre Schnauze warf. Welch eine Freude, ihr zuzusehen. Das abgeerntete Beet durchsuchte sie im Herbst immer wieder heimlich und hatte oftmals Erfolg.

Ein besonderer Hochgenuss war die Ernte der Zuckererbsen, die mit der Schote besonders lecker schmeckten. So spielten wir häufig „Erbsenfang".

Nach der Trennung von meinem Mann konnte ich glücklicherweise die Firma wieder an ihn abtreten. Die Kosten für das Haus blieben leider bei mir. Mein Atelier, das ich im Frühjahr in der Stadt eröffnete, brachte genügend Einnahmen für Miete, Strom und Nebenkosten. Es trug sich sozusagen selbst. Aber das Geld reichte nicht, um Essen zu kaufen, geschweige denn für die Hausraten, die Kredite und laufenden Kosten. Somit bekam ich zum ersten Mal in meinem Leben Sozialhilfe.

Ich schämte mich dafür und jeder Tag wurde zur Qual. Während ich nachmittags im Atelier arbeitete und Aquarell-Unterricht erteilte, kümmerte sich ein lieber Nachbar um Kita. Er ließ sie in den Garten, ging mit ihr spazieren und schaute immer wieder nach dem rechten. Als sie sich beim Spielen im Gebüsch am Auge verletzte, wusste ich nicht mehr ein noch aus. Ich rief eine mir bekannte Heilpraktikerin an, die spontan ihre Hilfe anbot und uns kurzentschlossen das Geld für die sofortige Notoperation schenkte.

Es gab Menschen, die meine Not erkannten. Meine Nachbarin Helga legte mir immer wieder eine Melone vor die Tür, damit ich genügend Vitamine und Mineralstoffe zu mir nehmen konnte. Ab und zu stand auf dem Gartentisch hinter dem Haus ein leckerer Kuchen und wartete auf mich. Eine andere Nachbarin gab mir häufig von ihrem Mittagessen ab. Ganz besonders gerne mochte ich ihre Zwetschgenknödel mit Zimt.

Bei der ARGE war man sehr verständnisvoll und freundlich zu mir. Man vertraute meiner Arbeit als freischaffender Künstlerin, legte mir aber nahe, das Haus schnellstmöglich zu verkaufen. Dieses Unterfangen gestaltete sich als äußerst schwierig. Von entfernten Nachbarn erhielt ich die Zusage, in deren Haus eine kleine Wohnung im ersten Stock mieten zu können. Es gab dort bereits zwei eigene Hunde, die sich mit Kita gut vertrugen. Alles schien sich zu ordnen.

Meine Hündin und ich wanderten in der Freizeit kilometerweit durch die herrliche hessische Landschaft. War ich einmal traurig, so merkte sie dieses sofort und kuschelte sich eng an mich. Wir waren eben echte Freundinnen.

Eine neue Heimat

Weihnachten nahte. Mein Herz war schwer. Viele der Möbel hatte Werner bei seinem Auszug für sich mitgenommen. An meinem Schreibtisch erledigte

ich abends die umfangreiche Weihnachtspost und dachte viel über mein Leben nach. Als ich einem Arbeitskollegen aus Jugendzeiten einen Gruß schrieb, ahnte ich noch nicht, welche Folgen dieses nach sich ziehen würde. Ich konnte nicht wissen, dass jener Kollege inzwischen verstorben war.
Zum Jahresbeginn erhielt ich Post von meinem ehemaligen Klassenkameraden Dieter, dem Sohn des Kollegen. Briefe eilten hin und her und wir vereinbarten ein Wiedersehen nach langer Zeit.
Dieter kam mit seinem Hund Balu zu einem Überraschungsbesuch und wir spürten sofort ein tiefes Zusammengehörigkeitsgefühl. Auch unsere Hunde verstanden sich gut und wir liefen glücklich unsere erste Runde durch Felder, Wiesen und den aufkommenden Regen. Einige Wochen später beschlossen wir, für immer zusammenzubleiben. Da mein Mann über einen sicheren Arbeitsplatz verfügte und sich sehr um seine Mutter sorgte, war es selbstverständlich für mich, meine hessische Wahlheimat aufzugeben.

Ich hatte nicht damit gerechnet, dass meine liebe Kita Heimweh bekam. Auch ich sehnte mich nach der vertrauten hügeligen Landschaft hinter dem Haus, den ausgedehnten Wanderungen durch weites Naturschutzgebiet und nach unseren netten Nachbarn mit ihren uns liebgewordenen Vierbeinern. Ich spürte im Laufe der folgenden Zeit sehr ihre Traurigkeit. Es gab keine Möglichkeit für sie, über Gräben zu springen und, was sie auch besonders liebte, über die frisch gemähten Wiesen und Stoppelfelder zu laufen. Ich ahnte ebenfalls, dass sie ihre Spielkameraden, besonders Lucy, Mette, Lücke, Tessa, Shila, Julia und Rex, mit denen sie sich täglich traf, vermisste.

Zum Glück verstand sie sich gut mit Dieters altem Boxer Balu und allmählich gewöhnte sie sich auch an die neue Umgebung, den Wald, die Feldwege, die Heidelandschaft und auch an neue Freunde.

Anfangs lief ich vormittags mit beiden Hunden, doch Balu erkrankte schwer an einem Tumor, der das Laufen für das arme alte Tier unmöglich machte. So mussten wir bereits ein halbes Jahr später den geschwächten Boxer einschläfern lassen. Eine Operation war zwecklos und die Blutwerte überaus schlecht. Der Tod des dreizehnjährigen Balu, der lange Zeit Dieters einziger und treuer Begleiter war, brachte uns aus dem Gleichgewicht.

Doch auch diese Hürde überstanden wir mit der Zeit. Dieter übernahm die Spaziergänge mit unserer Kita und beide hatten viel Freude auf ihren ausgedehnten Spaziergängen. Wenn ich draußen arbeitete, wich meine treue Hündin nicht von meiner Seite. Auch das Kartoffelspiel wurde wiederbelebt. Sogar die Erbsenernte fand wie gewohnt statt, obwohl kaum Platz für Gemüse in unserem kleinen Garten war.

Im Laufe der letzten Jahre veränderte sich Kita zunehmend. Sie schlief viel, hatte keine Freude mehr am Ballspiel und wurde langsamer. Sie bemühte sich aber, uns auf Spaziergängen zu begleiten. Grundsätzlich bekam sie von den

Negerküssen, die jetzt nur noch Schaumküsse genannt werden dürfen, die Bodenwaffel. Sie kannte ausschließlich den alten Namen und war sofort zur Stelle, wenn wir das Zauberwort nannten und sie den Duft des frisch geöffneten Kartons erschnupperte. Und dann abends das Highlight „Toffifee"! Die Nüsse darin mochte ich nicht. Meine „kleine Motte" jedoch war äußerst begierig auf diese Leckerei und so kam sie abends auch bei größter Hitze die Treppe heraufgestiegen, um drei bis vier Nüsse zu ergattern, die bereits auf ihrer Hundedecke auf sie warteten.

Die Kuscheltiere fanden im Laufe der Zeit immer weniger Beachtung. Nur sehr selten ging sie an ihre Spielkiste, um etwas auszuwählen. Schweren Herzens nahmen wir diese Veränderungen wahr. Auch der Fellwechsel bereitete unserer alten Dame von Jahr zu Jahr mehr Probleme.

Die letzte Fahrt

Es war ein wundervoller warmer Frühlingsabend in diesem Mai, als ich den Garten betrat, um Kita ins Haus zu holen.
Ich fand sie still ruhend im Schatten der großen Linde unseres Nachbarn. Seltsamerweise rührte sie sich nicht. Mir fehlte unsere Begrüßung und ich ging auf sie zu und strich ihr leicht über den Kopf. Sie benahm sich seltsam, denn sie reagierte nicht.
Ich sprach Kita etwas lauter an, schüttelte und rüttelte sie leicht. Da blickte sie mir unverwandt in die Augen. Ich half ihr auf die Beine, doch sie vermochte kaum zu stehen. Verzweifelt streichelte und massierte ich ihren schwachen Hundekörper und lockte sie mit Leckerlis auf den Rasen. Willen- und teilnahmslos folgte sie mir danach bis ins Haus. Sofort rief ich meinen Mann an.
„Mein armer kleiner Hund...", vermochte ich nur weinend zu sagen. Dieter beschloss, so schnell wie möglich nach Hause zu kommen. Als er eintraf, hatte sich Kita bereits erholt und schaute ihm fröhlich entgegen. Kurze Zeit später folgte dann ein leichter Rückfall.
Wir bezeichneten diese Vorkommnisse als Schlaganfall, denn von nun an konnte unsere Kita nur noch sehr mühevoll aufstehen. Die Hinterläufe zitterten beim Gehen und die Spaziergänge mit ihr reduzierten wir auf das Nötigste.

Zwei Tage vor Sommeranfang hatte ich einen Termin bei meiner Ärztin in Hessen. Für den Abend war eine Lesung aus meinen Büchern in einer Klinik geplant. Das Hotelzimmer mit direktem Weg nach draußen war gebucht. Sicherheitshalber fuhren wir am Abend zuvor noch einmal zum Tierarzt, um die Reisefähigkeit unserer Hündin überprüfen zu lassen, denn sie hielt sich kaum noch auf den Beinen und ihr Gesundheitszustand verschlechterte sich zusehends. Der Doktor untersuchte sie gründlich, machte uns aber Mut, sie auf die weite beschwerliche Fahrt mitzunehmen. Nach einer Aufbauspritze und Tabletten gegen eine vermeintliche Entzündung packten wir beruhigt unsere Reisetaschen. Am nächsten Morgen, als ich meinen Pkw mit Büchern und Taschen belud, wartete Kita bereits ungeduldig und aufgeregt hinter der Gartenpforte.

„Ja, ja, du kommst gleich mit!", beruhigte ich sie. Kurze Zeit später fuhren wir los. Wir unterbrachen die weite Fahrt zwei Mal, um sie aus der Hitze des Wagens zu erlösen. Frisches Wasser, ein paar Leckerlis und schon war Kita glücklich und zufrieden. Dieter half ihr mit einem geschickten Griff zurück in den Kofferraum. Nach vier Stunden kamen wir endlich am ersten Zielort an. Wegen einer Umleitung suchten wir etwas außerhalb einen verkehrsgünstigen Parkplatz und mussten zu Fuß einen kleinen Umweg in Kauf nehmen. Auf dem Weg zu meiner Ärztin kamen wir an einer alten Kirche vorbei, die ihre große schwere Tür geöffnet hielt.

„In dieser Kirche war ich noch nie", meinte ich kurz, winkte meine beiden Liebsten zum Eingangsportal in die schattige Kühle und ging hinein. Als ich mich wieder zum Ausgang bewegte, leuchteten mir Kitas Augen freudig entgegen.

Mir fiel ein, dass ich meine Brille im Auto vergessen hatte. Dieter bot mir an, diese für mich zu holen. Wir freuten uns auf die nahe Eisdiele und eine Erfrischung an diesem heißen Tag. In der Zwischenzeit wollte ich meine treue Hündin auf die Grünfläche unter einer großen Schatten spendenden Kastanie führen. Der Klee blühte und fühlte sich kühl und feucht an. Auf dem Weg zu diesem Platz brach Kita plötzlich zusammen.

Nur kurze Zeit später kam Dieter lächelnd und ahnungslos auf uns zu. Kita versuchte mühsam aufzustehen, kam aber nur schwer auf die Beine. Ihre Hinterläufe zitterten. Tapfer versuchte sie, neben uns her zu laufen. Wir überquerten eine schmale Straße, um erneut in den Schatten zu gelangen, als sie zum zweiten Mal zusammenbrach.

Mein Mann lief sofort zum Auto, um dieses zu holen und den Hund in den Kofferraum legen zu können. Zwei junge Männer stellten sich derweil zu mir und versuchten, Trost und Hoffnung zu geben. Sie gingen erst wieder, als Dieter in die Parklücke setzte und wünschten uns zum Abschied viel Gutes.

Gleich in der Nachbarschaft befand sich die Praxis eines Tierarztes. Jedoch verweigerte er uns die Hilfe bei einem derart alten Hund. Sicher, es war Mittwoch und die Ärzte hatten keine Sprechstunde, und doch ... ! So eilte ich zum vorgegebenen Termin

in die Praxis meiner Ärztin, und lief nach der Untersuchung besorgt zu Mann und Hund zurück.
Wir kühlten Kita mit dem letzten Wasser unserer Vorratsflasche das Fell und beschlossen, unsere vertraute damalige Tierarztpraxis aufzusuchen. Über viele Umleitungen kamen wir endlich an unser Ziel. Auch hier gab es lediglich eine Notsprechstunde, doch wurde unsere Hündin sofort liebevoll versorgt. Um alles nur erdenklich Gute und auch das Richtige zu tun, ließen wir Kita über Nacht in Pflege dort. Sie lag am Tropf und erholte sich langsam. Dann begaben wir uns zu unserem Hotel, wo ich mich erschöpft auf dem Bett niederließ, um vor der Lesung ein wenig ausruhen zu können. Immer noch hatten wir nichts gegessen.

Die vielen Gedanken und Sorgen ließen mich nicht schlafen. Vor meinem inneren Auge sah ich plötzlich drei weiße wolkenähnliche Gebilde entstehen. Diese bewegten sich und formten in der Mitte den Kopf eines weißen Schäferhundes. Irgendetwas ereignete sich dann, aber ich vergaß es wieder und erwachte mit einem Lächeln aus meiner Vision.

Während ich am Abend die Lesung vorbereitete, fuhr mein Mann in die Praxis, führte Kita noch einmal aus und sorgte dafür, dass sie ihre Mahlzeit und ein paar Leckerlis und Streicheleinheiten erhielt.
Nur wenige Interessierte kamen in die Klinikbibliothek, um meinen Geschichten und

Gedichten zu lauschen. Die Hitze war auch am Abend immer noch unerträglich und viele Patienten waren durch ihre schwere Krankheit einfach nicht in der Lage, an der Lesung teilzunehmen. Doch auch ich fühlte mich einfach nur hundeelend.
Nachdem wir uns zur Nacht in einer Pizzeria gestärkt hatten und ein Glas Wein die nötige Entspannung brachte, legten wir uns frühzeitig schlafen.

„Nein, nein, noch nicht in den Himmel!“, hörte ich meinen Mann telefonieren.
Ich ging zu ihm und fragte: „Ist es jetzt so weit?“
Er antwortete: „Nein, noch nicht.“

Ich schreckte hoch aus diesem Traum, der so wirklichkeitsnah erschien. Es war genau fünf Uhr morgens. Aufgebracht und entsetzt weckte ich meinen Mann. Nach diesem schrecklichen Traum hatten wir kaum noch Hoffnung, unsere geliebte Kita lebend wiederzusehen.

Den Vormittag verbrachte ich in der Klinik mit einem Bücher- und Kartenstand. Die vielen Patienten, die an meinen Tisch kamen, lenkten mich ein wenig von den Sorgen ab. Dieter fuhr erneut zur Tierarztpraxis, um nach der kleinen Patientin zu sehen. Ihr Zustand war besorgniserregend, aber unser „Sorgenkind“ lebte noch.

Wegen der übermäßigen Hitze wurden wir dazu angehalten, unsere Hündin erst nach achtzehn Uhr abzuholen und somit spät nach Hause zu fahren. Wir liefen nachmittags durch die Altstadtgassen, lenkten uns mit Eiskaffee ab und fuhren dann in den Nachbarort. Kurze Zeit später wurden wir von einem heftigen Unwetter in die nahe Pizzeria gezwungen. Zum Glück kühlte die Luft nach dem schweren Gewitterregen ab und wir beschlossen, zeitig zur Praxis zu fahren. Ich war voller Unruhe und alle beschwichtigenden Worte meines Mannes halfen nicht. Ich wollte meinen Hund abholen und sofort nach Hause.

Kita freute sich, als sie mich sah und ich die Worte „nach Hause" sagte. Behutsam machten wir uns auf den Heimweg und schauten immer wieder nach ihr. Dann, beim Besuch des zweiten Rastplatzes, war Kita kaum noch in der Lage, ihr Geschäft zu verrichten. Ein junger Mann kam mit Tränen in den Augen auf uns zu und sagte leise:

„Dort, wo mein Hund vor einem Jahr hingegangen ist, geht Ihrer jetzt leider auch hin. Ich wünsche Ihnen alles erdenklich Gute und viel Kraft."

Wir kamen gegen zweiundzwanzig Uhr zu Hause an. Sofort ließen wir Kita in den Garten und gaben ihr kühles frisches Wasser, das sie gierig trank. Kurze Zeit später bat ich meinen Mann, den Hund zu uns ins Haus zu holen. Sie hatten kaum den Flur betreten, als Kita auf den Fliesen zusammenbrach. Ich nahm getrocknetes Rindfleisch aus der

Reisetasche. Sie mochte es besonders gerne und machte sich sofort darüber her.

„Na, du Räuber", sagte ich leise und strich ihr über den Kopf. „Jetzt stärke dich erst einmal, dann wirst du auch wieder gesund."

Kita fraß maßlos und gierig. Ich wunderte mich darüber. Dabei gab sie grunzende Laute von sich, wie sie es noch nie getan hatte. Ich hielt ihr den Trinknapf unter die Nase und sie füllte ihr Bäuchlein dankbar mit dem kühlen Nass.

Da sie im Eingangsbereich des Hauses nicht liegen bleiben konnte, halfen wir ihr auf die Beine und führten sie zu ihrem Lieblingsschlafplatz. Dann war sie mit ihrer Kraft am Ende. Sie wimmerte leise vor sich hin und wir wussten, dass sie Schmerzen erlitt. Ich flehte meinen Mann an, sofort den Tierarzt anzurufen, damit sie von den Schmerzen erlöst würde. Dieter zögerte noch einen kleinen Moment, dann führte er ein kurzes entscheidendes Gespräch. Ich schäme mich nicht zu sagen, dass ich von Weinkrämpfen geschüttelt wurde.

Ich legte meinen Kopf auf Kitas Körper und umfasste sie mit meinen Armen. Nachdem ich für meine Hündin das Vaterunser gebetet hatte und mich für die schöne Zeit mit ihr, für alles Erlebte, für alle Liebe bedankt hatte, fuhren wir in meinem alten Auto zur Praxis unseres Tierarztes und hilflos musste ich zusehen, wie mein „kleines Mädchen", wie ich sie so oft nannte, die Gnadenspritzen erhielt.

Epilog

Kitas   Leben endete am zwanzigsten Juni 2013,
exakt um dreiundzwanziguhrfünfundvierzig.
Wir haben sie in einer herzförmigen roten Urne
unter einem kleinen Pflaumenbaum neben Balu
bestattet.

Ich glaube, dass die Zeit für mich arbeitet und der
Schmerz und die Trauer eines Tages aufhören.

Ich weiß, dass die Worte „NIE WIEDER"
die Kostbarkeit und das Ende eines jeden Lebens
aufzeigen.

Ich bin dankbar für jeden Tag, den ich mit meiner Schäferhund-Husky-Mix-Hündin erleben durfte. Sie war ein außergewöhnliches eigenwilliges und äußerst liebevolles Tier. Ich vermisse sie sehr.

Ich hoffe, ich konnte ihr all die Liebe geben, die sie in ihrem langen und doch viel zu kurzen Leben gebraucht hat.

Wir sind geboren, um irgendwann zu sterben.
Aber dieses Wissen macht es nicht leichter!
Mit jedem Tag kommen wir unserem Ziel näher.
Auch wir hinterlassen Lücken, Trauer und Schmerz.

Ich nannte sie oft und zärtlich:

Buddeltante
Motte
kleine Töle
mein kleines Mädchen
meine Süße
meine kleine Nase
Fusselmonster
Dreckspatz
Kuscheltussi
Rübennase
mein kleiner, kleiner Hund

Ich hatte noch viele weitere Namen für meine Kita. Am liebsten hörte sie jedoch, wenn ich sie *„meine kleine Nase"* oder *„Motte"* rief, denn dann war Kuschelzeit angesagt.

Sie liebte den Duft frisch gewaschener Wäsche und versteckte gerne ihre Nase in meiner Armbeuge oder in meinem Pullover. Sie genoss meinen Geruch in vollen Zügen. Vielleicht sah sie in mir ihre „Mama". Sie fehlt mir unendlich. Sie war auf ihre Art *mein kleines Mädchen*". Ich werde sie nie vergessen.

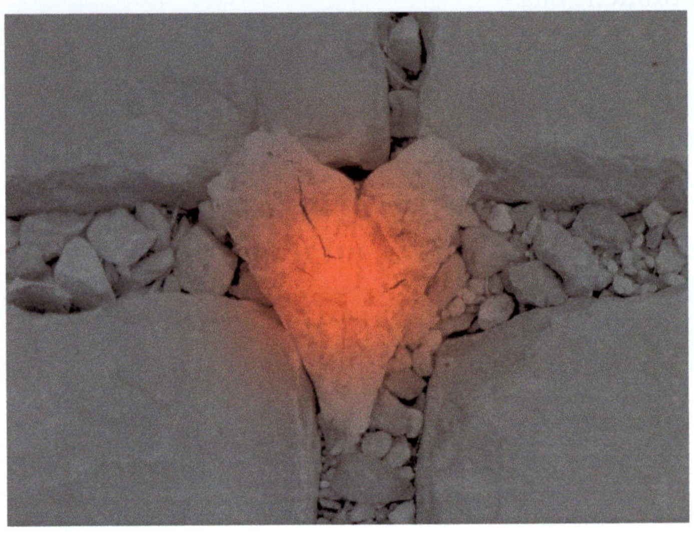

PAULA

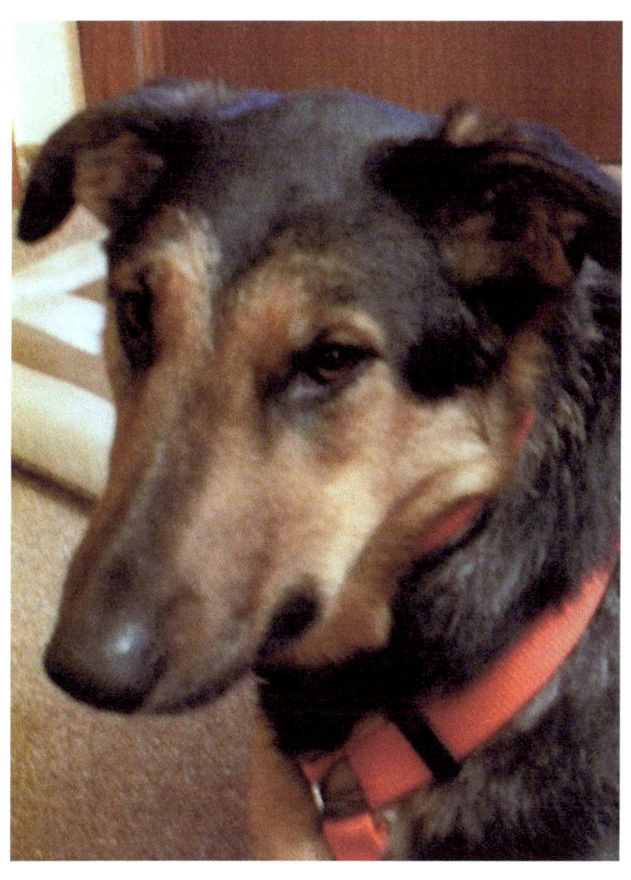

__Neue Pläne__

Wer hätte gedacht, dass ich nach dem Tode meiner alten Hündin Kita noch einmal den Wunsch nach einem vierbeinigen Freund entwickeln könnte. Der Verlust meiner liebsten treuesten Freundin schien für mich unüberwindbar. Es war beinahe schon peinlich, wenn ich daraufhin angesprochen wurde und sofort in Tränen ausbrach. Ich vergrub mich tiefer in meine Arbeit und verließ kaum noch das Haus. Die Trauer war kaum zu ertragen und zehrte an meinen Kräften.

Im Internet wurden viele Vierbeiner angeboten und so schaute ich hin und wieder Laborhunde an oder Hunde aus dem örtlichen Tierheim. Jedoch es war kein Tier dabei, das mich wirklich interessierte. Als sich das Leben meiner Hündin dem Ende zu neigte, entdeckte ich im Internet zwei bildschöne Mischlinge, Paula und Pauli. Sie waren von einer Tötungsstation aus Rumänien zur Tierhilfe gekommen und hatten Schreckliches erlebt. Zu gerne hätte ich meiner altersschwachen Kita einen Gefährten beigestellt, doch waren wir durch die hohen Tierarztrechnungen finanziell an unsere Grenzen gekommen.

Nach Kitas Ableben fiel mir plötzlich wieder das Foto von Paula ein und ich recherchierte erneut. Anfangs konnte ich sie nicht wiederfinden. Die Hilfe meines Mannes brachte mich endlich weiter und sofort suchte ich über den Tierschutzverein Kontakt. Viele Hunde füllten die Angebotsseiten, einer schöner, als der andere. Wir machten es uns nicht gerade leicht mit der Auswahl. Pauli war bereits verkauft, doch Paula hatte zum Glück noch keinen Besitzer gefunden.

Prächtig anzusehen war sie, eine schlanke, schwarz-goldene Dobermann-Mischlingshündin. Paula war drei Jahre alt und lebte mit über zwanzig weiteren Hunden bei einer engagierten Tierschützerin namens Feldhusen. Aufgeregt vereinbarte ich einen ersten Besuchstermin. Wie würde Paula auf mich reagieren? Käme sie vielleicht sogar auf mich zugelaufen? Die Vorfreude auf einen neuen Hund kreiste in meinen Gedanken, doch gesellten sich immer mehr Zweifel und Ängste hinzu. Auch die anstehenden Kosten mussten in unsere Planung mit einbezogen werden, schließlich hatten wir alles, was unserer Kita gehörte, voller Schmerz, Trauer und Verzweiflung dem örtlichen Tierheim überlassen. Vom Körbchen über Leinen, Spielzeug, Näpfe und Decken musste alles neu angeschafft werden. Lediglich ein kleiner Ball mit Handschlaufe und ein widerliches Plastikspielzeug blieben uns übrig, denn diese Teile hatten wir erst viel später zwischen Blumen und Gebüsch im hinteren Teil des Gartens gefunden.

Die Freude, die sich nun mit der Trauer vermischte, war zu viel für mein Herz. Kurz vor dem vereinbarten Besuchstermin kam es aus dem Rhythmus, fing an zu rasen, zu holpern, auszusetzen. Der Blutdruck stieg ins Unermessliche und mein Mann musste mich als Notfall ins Krankenhaus bringen. Zum ersten Mal in meinem Leben brach ich zusammen.

Panik stieg in mir auf, und mir wurde bewusst, dass ich jeden Moment sterben könnte. Ich kämpfte einige Stunden lang, bekam Spritzen und Notfallsprays verabreicht, wurde liebevoll aber energisch umsorgt und nach endlos scheinenden bangen Stunden hatte ich das Schlimmste überwunden. Die Vorfreude auf Paula gab mir viel Kraft, denn mit ihr würden wieder Freude und eine wundervolle Aufgabe in mein Leben kommen. Ein Leben ohne Hund konnte ich mir einfach nicht vorstellen.

Die ersten Begegnungen

Wir waren angespannt und aufgeregt, als wir einige Tage nach meiner Entlassung aus dem Krankenhaus zu der benannten Adresse fuhren, um Paula kennen zu lernen. Ein Rudel unterschiedlichster Mischlinge begrüßte uns freudig und mit lautem Gebell. Frau Feldhusen öffnete uns nach kurzer Wartezeit das riesige Eingangstor und schon waren wir umzingelt von vierbeinigem Gewusel, ertrugen fröhliches und ruppiges Anspringen.

Ich stellte mich regungslos hin und gab somit allen Hunden Zeit, mich gründlich zu beschnuppern. Ein

riesiger Hund küsste mich mitten auf mein Brillenglas und ein bildschöner Retriever bellte mich mit fröhlichen Augen auffordernd an. Alle Tiere ließen sich nach kurzer Zeit freudig mit Leckerlis versorgen und konnten nicht genug von unseren Streicheleinheiten bekommen. Lediglich Paula mied unsere Nähe. Frech und unaufhörlich dominierte und besprang sie die anwesenden Rüden und schmuste anschließend mit Frau Feldhusen. Und dann noch ihr nerviges Bellen und Kläffen – nein, danke.
Wir waren zutiefst enttäuscht. Solch ein ungebührliches Verhalten hatten wir nun wirklich nicht von diesem bildschönen Tier erwartet. Auf der Heimfahrt beschlossen wir, lieber einen anderen Hund zu wählen, denn solch einen Rüpel wollten wir auf keinen Fall zu uns holen. Zwei große Rüden hatten es mir angetan, doch als wir uns daheim in unserer kleinen Wohnung umschauten bemerkten wir, dass diese Exemplare einige Nummern zu groß für uns waren. Schließlich mussten wir auch Platz für eigene Schritte haben. In meinem Büro hätte ein Tier dieser Größenordnung nahezu den gesamten freien Raum ausgefüllt.

Nach endlos erscheinenden Gesprächen beschlossen wir, Paula eine weitere Chance zu geben und vereinbarten einen weiteren Besuchstermin. Gleichzeitig terminierten wir ein Treffen mit einer weiteren Dame vom Tierschutz in einem entlegenen Dorf an der Oste, um uns einen kleinen weiß-schwarzen Mischlingsrüden anschauen. Dieser

Rüde hatte uns auf den gezeigten Fotografien gut gefallen. Wie sehr ein Foto täuschen kann wurde uns schnell klar, denn leider hatte dieses wunderschöne Tier in seinem bisherigen Leben keine guten Erfahrungen mit Menschen sammeln können. Nach einem kleinen Missverständnis knurrte er gefährlich und machte Anstalten, mich zu beißen. Ich sprang entsetzt zurück. Bislang hatte ich ausschließlich gute Erfahrungen mit Hunden gemacht. Sogar als gefährlich eingestufte Tiere suchten meine Nähe. Niemals zuvor hatte ich mich bedroht gefühlt. Und nun dieser kleine Mischling! Kaum zu glauben! Wir gaben uns redlich Mühe, sein Vertrauen zu gewinnen, doch nichts gelang. Erschöpft brachen wir nach zwei endlosen Stunden den Kontaktversuch ab, um den Termin bei Frau Feldhusen wahrzunehmen. Diese begrüßte uns dieses Mal nicht mit einem Rudel wildgewordener Hunde, sondern lediglich mit Paula. Welch eine Veränderung! Die Kleine ließ sich bereits nach kurzer Zeit streicheln und verhielt sich vorbildlich. Natürlich genoss sie die mitgebrachten Leckerlis und legte nach und nach die anfangs gezeigte Scheu ab.

Bereits nach einer Stunde hatte ich Paula in mein Herz geschlossen und wir hätten sie am liebsten gleich mit nach Hause genommen. So ergeht es Traumdenkern, denn Frau Feldhusen machte uns darauf aufmerksam, dass sie die Verantwortung für ihre Tiere sehr ernst nahm. Bevor sie überhaupt eines davon in neue Hände gab, wollte sie sich grundsätzlich die Wohnbedingungen der zukünftigen Besitzer anschauen. Schließlich sollte es das Tier gut bzw. besser haben als bisher.

Uns jedoch schien es nahezu unerträglich, dass Frau Feldhusen in ihrer Entscheidung so zögerlich war. Weitere Besuche erfolgten, bis wir den ersehnten Termin zur Besichtigung unseres Hauses und Gartens bekamen.
Natürlich verstanden wir auch Frau Feldhusen, denn weiß Gott, wie viele Tierschicksale sie in den über zwanzig Jahren ihrer Tätigkeit erfahren hatte, wie viele brutale Menschen und Tierquäler sie kennen gelernt hatte. Wir vereinbarten einen Besuchstermin in Cuxhaven für einen Sonntag im Oktober.

27. Oktober / Paula zieht ein

Mein Mann und ich waren den ganzen Tag über nervös. An dem vereinbarten Wochenende hatte ich einen lange vorher terminierten Intensiv-Malkurs angeboten. Zwei meiner Schülerinnen waren in der Kindheit von Hunden gebissen worden und ängstigten sich.
Wir hatten leider keinen genauen Termin mit Frau Feldhusen vereinbaren können, da sie arbeitsmäßig überlastet war. Als wir zur Mittagszeit immer noch auf telefonische Benachrichtigung warteten, wurde unsere Angst von Stunde zu Stunde größer. Wir vermuteten, dass irgendein uns unbekannter Grund

vorläge, uns Paula vorzuenthalten. Wir grübelten und grübelten. Endlich, es war kurz nach Mittag, kam der erlösende Anruf. Gegen ca. 16.00 Uhr würde Frau Feldhusen mit Paula bei uns eintreffen. Erleichtert atmeten wir auf, denn zu diesem Zeitpunkt wäre auch der Malkurs beendet. Um 15.30 Uhr klingelte erneut das Telefon und der Termin verschob sich um ca. drei Stunden. Wir mussten also weiter warten. Es wurde 18.30 Uhr. Wir waren mit unseren Nerven fix und fertig, als es endlich an unserer Haustür klingelte.

Frau Feldhusen hatte ihr Fahrzeug direkt vor unserem Haus abgestellt. Paula war verängstigt und kauerte in einer Ecke der Ladefläche. Das half ihr jedoch nicht, denn gemeinsam mit meinem Mann hob Frau Feldhusen sie aus dem Auto. Nach dem Absetzen folgte Paula brav in unser Haus. Da sie noch nie eine Treppe bestiegen hatte, nahmen wir vorerst in meinem großen ebenerdigen Atelier Platz.

Mein Mann ließ sich auf meiner gemütlichen Besuchercouch nieder und Paula legte sich vertrauensvoll vor seine Füße. Sie ließ sich bereitwillig von ihm streicheln.

Damit sich Frau Feldhusen einen genauen Eindruck von unserem Haus und Paulas neuer Umgebung machen konnte, stiegen wir nach einiger Zeit die Treppe hinauf in unsere Wohnung. Jetzt allerdings gab es ernste Schwierigkeiten, denn Paula hatte

Angst, die Treppe zu benutzen. So rutschte ich denn auf meinem Hinterteil Stufe für Stufe nach oben und lockte mit heller Stimme, was die beiden bereits oben Wartenden mit breitem Grinsen bedachten. Natürlich ignorierte ich das und war voller Stolz, als Paula nach vielen Aufforderungen endlich die Treppe hinaufgestolpert kam. Die erste große Hürde hatten wir gemeinsam geschafft.

Nachdem wir alle Zimmer besichtigt hatten, wollten wir wieder zurück ins Atelier, doch die Sache gestaltete sich als äußerst schwierig für Paula. Mein Mann und Frau Feldhusen warteten geduldig am Fuße der Treppe, während Paula fiepend und jammernd den vermeintlichen Abgrund argwöhnisch und ängstlich zitternd mied.
Ich versuchte es mit gleicher Taktik wie zuvor und rutschte Stufe für Stufe auf meinem Po die Treppe herunter. Leider erfolglos. Paulas Anblick erbarmte mich. Ich nahm sie kurzerhand leicht unterstützend in meine Arme und führte sie die Treppe hinunter. Stolz war ich, wie eine Schneekönigin! Wieso grinsten die beiden nur so unverschämt? Ich kam mir plötzlich ziemlich bedeppert vor.

Wir setzten uns wieder in das große hell erleuchtete Atelier und redeten. Meine Nerven lagen blank, als Frau Feldhusen plötzlich Bedenken äußerte, Paula für immer bei uns zu lassen. Dass Paula sich tagsüber bei mir im Büro und Atelier aufhalten würde, behagte ihr ganz und gar nicht. Auch das Körbchen, das wir im Flur des Treppenhauses aufgestellt hatten, befand sich nicht am richtigen Platz. Frau Feldhusen bemerkte, dass Paula somit von uns ausgesperrt würde. Sie wäre noch nie alleine gewesen und würde sicherlich unter diesem Zustand leiden.

Ich verstand die Welt nicht mehr. Zum einen hatten wir bereits erklärt, dass wir Paula die Wahl ihres Schlafplatzes überlassen würden. Zum anderen müsste Paula im Laufe der Zeit lernen, auch eine Weile alleine zu bleiben. Das wäre in jedem Fall unumgänglich. Aber zuerst sollte sie sich doch bei uns einleben, was sicherlich einige Wochen in Anspruch nehmen würde. Ich hatte sogar vor, mein Atelier für Paula einige Wochen lang zu schließen. Und nun sollten wir das Tier plötzlich nicht mehr bekommen! Ich brach in Tränen aus und konnte mich überhaupt nicht mehr beruhigen.

„Sie wollen mir doch nicht sagen, dass Sie Paula in diesen wenigen Wochen bereits in Ihr Herz geschlossen haben?" Frau Feldhusen schaute mich ungläubig und ratlos an.
Tränen liefen mir über die Wangen und wollten nicht mehr versiegen. Es war unmöglich für mich zu reden, aber mein Mann stand mir zum Glück hilfreich zur Seite. Wir beschlossen, eine Kleinigkeit vom nahen Imbiss zu holen, um uns erst einmal zu stärken. Als Vegetarierin lehnte Frau Feldhusen den Verzehr von Fleisch ab. So holten wir lediglich Pommes mit Mayo und Ketchup. Das war zwar eine magere und ungesunde Mahlzeit, doch tat sie der

Seele gut. Es ging bereits auf Mitternacht zu, als Frau Feldhusen endlich den Schutzvertrag für Paula vorbereitete und wir ihn unterschreiben durften. Dann waren wir mit Paula alleine.

Wir löschten das Licht im Atelier und begaben uns in unsere Wohnung. Dieses Mal klappte es schon besser mit dem Treppensteigen. Paula legte sich neben meinen Sessel auf ihre neue Decke und schaute zur Tür. Mitunter, wenn sie anfing zu fiepen, nannte ich ihren Namen und streichelte sie zärtlich. Sie beruhigte sich sofort und war zufrieden. Bevor wir uns schlafen legten, sollte Paula noch einmal in unseren Garten, um ihr Geschäft zu erledigen. Doch außer, dass sie jede Ecke und jeden Busch, jede Blume und jeden Stein, gründlich inspizierte, geschah nichts. Schließlich mussten wir unverrichteter Dinge wieder nach oben in unsere Wohnung. In dieser Nacht habe ich sehr schlecht geschlafen. In meinen Albträumen sah ich bereits Bächlein und Häufchen auf dem Teppichboden. Aber am nächsten Morgen war es überall sauber.

Die ersten Tage mit Paula

Alle zwei Stunden führte unser Weg in den Garten, um Paula zum Gassi gehen zu überreden.
Doch alles dort war interessanter, als eben das Geschäftchen zu machen. Und so hieß es immer wieder, unverrichteter Dinge zurück zum Haus zu gehen. Interessiert stellte sich unsere Hündin dann

gerne an die Gartenpforte und bestaunte die Autos und Fußgänger. Jedes Geräusch wurde aufmerksam verfolgt, doch trotz der Neugier zuckte Paula immer wieder vor Angst zusammen.

So standen wir beide oftmals an der Gartenpforte und schauten uns die Gegend an. Mir wurde langweilig dabei und ich musste unwillkürlich an alte Leute denken, die vor ihrem Haus an der Straße auf einer alten Bank sitzen, um mit den Vorübergehenden in Kontakt zu kommen.
Ich öffnete die Pforte, schließlich war meine Kleine angeleint. Doch sie zog mich vehement zurück. Voller Angst zitternd war sie nicht in der Lage, das Grundstück auch nur für einen Schritt zu verlassen.

Ich erinnerte mich an die dritte Begegnung bei Frau Feldhusen. Sie hatte Paula angeleint und meinte, wir sollten ein paar Schritte mit ihr an der Straße entlang laufen. Doch Paula hatte bislang nur im Auto das Grundstück verlassen und es kostete mich ungeheure Überzeugungs- und Zugkraft, um sie wenigstens einige Meter vom eingezäunten Grundstück über die Straße zu führen.

Wir mussten Geduld haben. Diese sensible Hündin musste erst einmal genügend Vertrauen zu uns aufbauen, bis wir mit ihr spazieren gehen konnten. Bis auf „Komm!" und „Nein!" verstand Paula keinen Befehl. Sie benahm sich wie ein kleiner Welpe im Alter von wenigen Wochen, verängstigt und hilflos. Wir bauten auf ihre Neugierde.

Bereits am nächsten Tag registrierten wir stolz, dass Paula uns schwanzwedelnd begrüßte. Das Zimmer durfte ich jedoch nicht verlassen oder mich im Badezimmer für Momente abgrenzen. Sofort setzte ein jämmerliches Fiepen und Jammern ein. Schon bald begriff Paula, dass ich tatsächlich wiederkam, wenn ich sagte: „Frauchen kommt gleich wieder!" Na, das war doch ein Anfang. Sie lernte schnell.

Sorgen machte uns die anfängliche Verweigerung der Nahrung, dabei hatten wir das von Frau Feldhusen empfohlene Futter sofort besorgt. Erst als wir die Näpfe in die Küche stellten und das Trocken- mit Feuchtfutter mischten, wurde die Nahrung freudig entgegengenommen. Endlich war die Kleine zufrieden. Und auch mit dem Gassi gehen im Garten klappte es endlich.

Von nun an versuchten wir täglich, mit Paula auf dem Bürgersteig vor unserem Haus einige Schritte zu gehen. Jedoch war ihre Angst einfach zu groß. Flink wie sie war, zog und zerrte sie sich aus ihrem Hundegeschirr heraus und dann ging es in einem Höllentempo zurück zur Eingangstür. Also verschoben wir den Spaziergang von Tag zu Tag. Paula folgte uns auf Schritt und Tritt, sofern wir uns in der Wohnung bewegten. Es dauerte viele Tage, bis sie es vor Neugierde nicht mehr aushalten konnte und mir in den Keller folgte. Sichtlich stolz kam sie zu mir, um mich am Bein anzustupsen. Dieses Anstupsen erfolgte sehr oft am Tag und mitunter fühlte ich die kleine Hundeschnauze sogar

dann noch, wenn Paula müde und erschöpft auf
ihrer Decke ausruhte.

<u>Der 30. Oktober</u>.

Mein Ältester kam an seinem Geburtstag zu uns
zum Mittagessen. Wir waren gespannt, wie Paula
auf Besuch reagieren würde. Wie würde mein Sohn
sich dem neuen Hund gegenüber verhalten? Mit
Hunden hatte er nicht viel im Sinn. Schließlich
haaren diese Tiere, was sich als lästig erweist, wenn
man ausschließlich dunkle Kleidung trägt. Schon
immer hatte mein Sohn Angst davor, gebissen oder
abgeleckt zu werden. Ich hatte ihn gründlich auf die
erste Begegnung mit Paula vorbereitet, hatte ihm
von ihren Ängsten vor Männern in dunkler
Kleidung und vor nächtlichen Schatten erzählt.

Als nun mein Sohn unser Haus betrat, stockte mir
der Atem. Musste er denn wieder einmal in Dunkel
gekleidet kommen? Auch hatte ich ihn gebeten, den
Hund zu ignorieren und aufrecht bzw. gleichmütig
unser Haus zu betreten. Leider ignorierte er meine
Worte. Voller Unbehagen setzte mein Sohn sich auf
den Stuhl meines Mannes.
Paula war unruhig und knurrte. Als dieses Knurren
keine Wirkung erzielte, schnappte sie ihm rücklings
in den Pullover. Eigentlich war es mehr ein
Knabbern, aber mein Sohn sprang entsetzt vom
Stuhl herunter und rannte ins Wohnzimmer.
Ich leinte meine Paula tatsächlich auf dem Flur an
und bat meinen Mann telefonisch, noch vor der

verabredeten Mittagszeit nach Hause zu kommen. Schließlich war ich immer noch nicht dazu gekommen, das Essen für uns alle fertig zu kochen. Dann setzte ich mich ´mit der immer noch angeleinten Paula zu meinem Sohn ins Wohnzimmer. Die mutige kleine Hündin knurrte böse und hätte gerne mit ihren kleinen scharfen Zähnen den ungebetenen Gast vertrieben. Aber sie sollte und musste nun erst einmal lernen, dass sie bei uns nicht das Sagen hatte. Endlich traf mein Mann zu Hause ein. Ich ging in die Küche und überließ ihm die Situation.

Sofort nach dem Essen brach mein Sohn leider wieder auf. Ich glaube, er hatte genug von diesem Tag. Vielleicht wäre alles einfacher gewesen, wenn der Vater meiner Kinder damals nicht strikt gegen einen Hund als Haustier gewesen wäre. Aber er hatte riesige Angst und bis heute ist das auch so geblieben. Kaninchen beißen nun einmal nicht.

Ach, es gibt so viele Entschuldigungen für eine kleine Hundedame, die sich still und heimlich in mein Herz hinein liebte.

November

Um Paula noch mehr das Gefühl von Geborgenheit zu vermitteln, kauften wir für sie ein Kopfkissen und bezogen dieses mit einem roten Bezug. Es war schön, mit anzusehen, wie sie eingekuschelt darauf lag, um vor meinem Bett die Nacht zu verbringen.

Jeden Morgen freute ich mich auf diesen Anblick. Und dann gab es erst einmal Streicheleinheiten für die kleine Paula.

Ihre Ängste vor allem Unbekannten blieben. Sie waren dermaßen groß, dass ich beschloss, mein Atelier in die Winterruhe zu schicken und nur noch am Freitagnachmittag, wenn mein Mann Feierabend hatte, für Besucher zu öffnen. Dieses Verhalten hatte zur Folge, dass Atelierbesucher ausblieben und ich finanziell in Bedrängnis kam.

Paula hatte einige Unarten, so zum Beispiel das Anspringen und das ständige „Nase auf den Tisch" - Spiel. Sie lernte schnell und überzeugte uns mit überdurchschnittlicher Intelligenz. Ich rechnete mit einem Zeitraum von einem Jahr, um aus Paula eine folgsame Begleiterin zu machen. Bei Rückfällen tröstete ich mich mit dem Satz: „Gut Ding will Weile haben". Da Paula mir schon gut gehorchte, war ich zufrieden mit meiner Arbeit.

Vier Wochen Paula

Es war Sonntag. Mit Grausen dachte ich an die letzten Spaziergänge, bei denen ich unter Aufbringung größter Kräfte die sogenannte „Kleine" namens Paula zu zügeln versuchte.

Wenn man von links nach rechts über den Fußweg gezogen wird, mal über den Hund stolpert und dann wieder den Hund ziehen muss, geht einem so langsam alles über die Hutschnur. Außerdem hatte sie die Angewohnheit, grundsätzlich in meine Knie hinein zu rempeln. Es musste doch möglich sein, einem unerzogenen ängstlichen Hund das Gassi gehen und Manieren beibringen.

Gesagt, getan, ich holte mir in der Mittagspause meine Hunde-Erziehungsbücher aus dem Regal. Und tatsächlich erhielt ich gute Ratschläge: *„Den Hund so kurz wie möglich am Halsband fassen und dann entspannt losgehen..."*

Tja, als ich es dann wirklich ausprobierte, zwängte sich meine pfiffige Paula einfach aus dem schon eng eingestellten Halsband heraus. Innerlich kochte ich vor Wut, brachte mich aber schnell wieder herunter auf ein sogenanntes Rudelführer-Niveau. Soll heißen: *„Durchatmen, Schultern zurück, Kopf und Haltung aufrecht und souverän weitergehen."*
Von wegen „souverän"! Natürlich hatte ich vorher dem Hund leise vor mich hin schimpfend das Halsband wieder übergestreift.

Ich fuhr mit dem Auto zum Parkplatz des nahen Waldes. Mein Mann und ich wollten ein wenig die Mittagspause genießen. Das Wetter lud zum Spazierengehen ein. Paula schien sich über Abwechslung zu freuen. Noch zögernd sprang sie aus dem Auto und machte die ersten Schritte vorsichtig auf dem noch regennassen Waldboden. Die Leine fasste ich kurz. Meine Kraft erlaubte gerade noch diese Fisimatenten, jedoch die Knie streikten bereits nach den ersten Schritten. Nein, ich gab nicht nach und hielt die Leine kurz. Nach einigen Metern jedoch bat ich meinen Ehemann um Mithilfe und er fasste den hinteren Teil der doppelt gesicherten Hundeleine. So ging es schon besser.

Natürlich versuchte Paula, sich immer wieder durchzusetzen. Entschlossen kämpfte ich mich Meter für Meter nach vorne und war meinem Mann für seine tatkräftige Hilfe zutiefst dankbar. Schritt für Schritt ging es besser mit dem Gehorsam. Drei Hunde waren plötzlich in Sichtweite. Paula zögerte. Ich ließ sie an den Wegrand treten. Ich wusste, sie würde sich hinter meinen Beinen verstecken und ließ sie gewähren. Der Kontakt verlief gut. Einen der Hunde kannten wir bereits, die anderen beiden wurden angeleint und die Besitzerin ging ihres Weges.

Als wir uns wieder in Bewegung setzten, hatte Paula natürlich alles wieder vergessen. Also wieder die Leine kurz halten und weiter ging es. Nach kurzer Zeit musste ich für eine Weile pausieren, denn Knie und Rücken schmerzten. Dreiundzwanzig Kilogramm auf vier Beinen haben schon eine gewaltige Zugkraft.

Die Hälfte unserer geplanten Tour lag bereits hinter uns, als der Spaziergang auf einmal anfing, Spaß zu machen. Anfangs hatte ich meinen Mann in Verdacht, dass er mit dem hinteren Teil der Leine, die am Laufgeschirr befestigt war, den Hund stark zurückhielt. Aber das war nicht der Fall. Paula lief tatsächlich ohne große Zieherei direkt an meiner Seite.

So machte das Spazierengehen selbstverständlich Spaß. Leider dauerte diese Freude nicht lange, denn wir näherten uns dem Parkplatz. Vorher gab es noch eine Schwierigkeit zu meistern, denn im ersten Haus am Waldrand lebten zwei kleine Hunde, die es sich zur Aufgabe gemacht hatten, Leute zu erschrecken, die ahnungslos vorübergingen. Unversehens und mit hellem Gekläffe schnellten sie aus dem Gebüsch. Paula raste los, die locker gehaltene Leine spannte und beinahe wäre ich auf der regennassen Straße der Länge nach hingefallen. Die in Panik geratene Hündin zu halten, war mir kaum noch möglich. Aber ich schaffte es!

Tag für Tag und Abend für Abend folgte das gleiche Spiel. Paula zog und riss an der Leine. Diese befestigten wir zur Sicherheit einmal am Halsband und zusätzlich am eng sitzenden Hundegeschirr. Paula geriet bei jeder unvorhergesehenen Kleinigkeit in Panik. Eigentlich erschreckte alles und nichts unsere schlanke wunderschöne nervöse Dobermann-Dame. Mitunter war es ein Windstoß, dann wieder eine Katze oder ein Blatt im Wind und manchmal konnten wir überhaupt keine „Gefahr" ausmachen.

Weihnachten mit Paula

Es gab Tage, an denen war ich stolz und glücklich und voller Freude. Von Tag zu Tag gehorchte Paula besser. „Platz", „Bleib", „Warte", „Sitz", diese Befehle führte sie immer besser aus. Sie folgte mir auf dem Fuße. Kaum ein Weg alleine war für mich noch möglich. Sie ging und lag eng bei mir und ihre Nähe machte mich einerseits zum glücklichsten Menschen der Welt, auf der anderen Seite musste ich meinen gesamten Tagesablauf auf Paula ausrichten. Fast schon spürte ich Gefängnismauern. Wie sollte es erst werden, wenn die auferlegte Zwangspause im Atelier beendet wäre und die ersten Kunden kämen. Doch erst einmal wurde es Weihnachten.

Mein Sohn kündigte sich für den ersten Festtag an und wollte seine Freundin ebenfalls mitbringen. Normalerweise hätten wir diesen Tag bei meiner Schwiegermutter verbracht, denn sie hat nun mal am ersten Weihnachtstag Geburtstag. Nach langen Überlegungen beschlossen wir, dass mein Mann in diesem Jahr alleine fahren sollte, denn für Paula bedeutete das alles nur Stress.

Wir waren gut vorbereitet und hatten an der Wand im Flur einen Haken angebracht, an dem ich Paula festmachen konnte, damit mein Sohn sich angstfrei in der Wohnung bewegen konnte. Außerdem passte die Schlaufe der Leine über die Wohnzimmertür, so dass wir alle in Ruhe das festliche Mahl einnehmen konnten. Alles verlief einigermaßen harmonisch. Paula lag ruhig auf ihrer Decke, entweder am Haken festgemacht an der Leine oder eben an besagter Wohnzimmertürklinke. Aber dann wollten wir ins Wohnzimmer gehen, um eine kleine Bescherung zu machen.

Paula kam so richtig in Fahrt, als mein Sohn sich satt und wohlig streckte und reckte. Was sich in ihrem kleinen Hirn abspielte, weiß ich bis heute nicht. Paula gebärdete sich wie wild und ich hatte alle Mühe, sie festzuhalten.

Während mein Sohn und seine Begleitung im Wohnzimmer Platz nahmen, hielt ich, in Großmutters Sorgensessel sitzend, Paula kurz an der Leine. Erst nach einiger Zeit traute ich mich, ebenfalls auf der Couch zu sitzen, den Hund kurz angeleint mit rechter Hand haltend. Jedoch gebärdete sich Paula bei jeder Bewegung meines Sohnes wie eine tobende Wildsau. Es war zum Verzweifeln. Die Frage meines Sohnes, warum ich mir solch eine Bestie ins Haus geholt hatte, machte mein inneres Chaos nur noch größer. Aber was half es. Wir alle mussten diesen Besuch irgendwie überstehen.

Am liebsten hätte ich Paula den Hintern versohlt. Natürlich tat ich es nicht. Innerlich brodelnd dachte ich an „Schokoladenkringel", um mich wieder zu beruhigen. Das war jedenfalls der Tipp eines Hundebesitzers, der zwei lange Jahre brauchte, um seinen ägyptischen Hund zu domestizieren.

Die Lage spitzte sich immer weiter zu. Von Weihnachtsstimmung war keine Rede mehr. Mein Sohn verließ vor sich hin schimpfend das Zimmer und verließ das Haus, um eine Zigarette zu rauchen. Währenddessen versuchte ich, Paula mit der Freundin meines Sohnes anzufreunden. Ich holte Leckerlis und wir fütterten die kleine nervöse Hündin abwechselnd. Ich war zufrieden und erleichtert, als Paula sich sogar streicheln ließ.

Als mein Sohn nach einiger Zeit erneut das Wohnzimmer betrat, war es mit der Ruhe vorbei und Paula verhielt sich schlimmer als zuvor. Nie und nimmer hatte ich mit solch einer Reaktion gerechnet. Da ich meine Hündin nicht aussperren wollte und nach wie vor glaubte, alles würde sich von alleine fügen, brauchte ich alle Kraft der Selbstbeherrschung, um das Gebelle und Gezerre von Paula wie auch die angstvollen Blicke meines Sohnes auszuhalten und zu überstehen.

Nach einer fast endlos erscheinenden Zeit kam endlich mein Mann nach Hause. Er blickte belustigt in unsere verstörte Runde, begriff dann aber sofort den Ernst der Lage. Er nahm in Großmutters Sorgensessel Platz, nahm Paulas Leine fest in seine männlichen Hände und entlastete mich in meiner Verantwortung augenblicklich.

Die Weihnachtsstimmung wollte sich leider nicht wieder einstellen trotz Weihnachtsbaum und Lichterglanz. Mein Sohn bestand darauf, nach

Hause zu fahren und bemerkte verzweifelt, er stünde kurz vor einem Herzinfarkt.

Fassungslos musste ich ertragen, dass mein Sohn mich bat, mit ihm zum Auto zu gehen, damit er sich von mir verabschieden konnte. Seine Freundin wollte noch ein paar Minuten länger bleiben. Als er von der Couch aufstand, war Paula nicht mehr Herrin ihrer Sinne. Angriffslustig versuchte sie, der Leine zu entkommen und sich auf ihn zu stürzen. Sie gebärdete sich wild und unbezähmbar.
Mir wurde der Ernst der Lage überdeutlich klar. Es würde viel Erziehungsarbeit vonnöten sein, um die Kleine mit Menschen anzufreunden. Nur Gott wusste, ob mir das überhaupt gelingen würde. Endlich war auch dieser Tag überstanden.

Zwischen den Jahren gingen mein Mann und ich mehrmals im nahen Wald spazieren. Um Paula nicht zu verunsichern, nahmen wir immer wieder denselben Weg. Ein guter Bekannter kam uns mit seinem Rüden entgegen. Er beschloss, uns ein Stück des Weges zu begleiten. Plötzlich veränderte Paula ihre Gangart. Sie näherte sich dem einen halben Schritt vor mir gehenden Bekannten und schnappte unversehens in seinen Oberschenkel. Ich war total perplex. Selbstbewusst nahm der Angegriffene die Zügel selbst in die Hand und befahl mir, mich still zu verhalten. Er schaute Paula fest in die Augen und mit kräftiger Stimme redete er auf sie ein. Mir war klar, dass sie dadurch nur aggressiver kontern würde und hielt sie an der kurzen Leine.

Obwohl Paula sich zurückzog, traute ich dem Frieden nicht. Viel früher als geplant schlugen mein Mann und ich mit vielen neu erfundenen Ausflüchten einen anderen Weg ein und waren froh, wieder unter uns zu sein.

Es war nicht das letzte Mal, dass Paula unvermutet an ihrer Leine ausbrach, um Spaziergänger von hinten anzugreifen. Aber ich war gut vorbereitet und zog sie rechtzeitig zu mir heran. Wir mussten vorsichtig sein und Paula noch besser im Auge behalten.

Meinem Mann gegenüber hatte sie sich bis dahin einigermaßen respektvoll verhalten, doch dann wurde es ernst. Jedes Mal, wenn ich das Zimmer verließ, sprang sie meinen Mann von hinten an und biss in sein Gesäß, besser: in seine Gesäßtasche. Leider unterwarf er Paula nicht, sondern blieb diesem Problem gegenüber gleichgültig. Mir aber machte das respektlose Verhalten Paulas große Sorgen. Wie würde sich die Hündin gebärden, wenn sie mit unseren kleinen Enkelinnen zusammentraf. Mein Gedankenkarussell rotierte. Alles drehte sich plötzlich in meinem Leben nur noch um die Probleme mit Paula. Ich bestellte im Internet weitere Bücher über Hundeerziehung, fragte andere Hundebesitzer und wurde doch nicht schlau aus dem angstvoll aggressiven Verhalten meiner Hündin.
Während ich immer ratloser wurde, fand mein Mann die angespannte Situation nicht besonders

tragisch. Er hatte bereits einige Hunde aufgezogen. Voller Stolz hatte er mir von seiner Boxerzucht erzählt, von seiner Lieblingshündin Briska und von Balu, den ich leider nur kurze Zeit erleben durfte. Balu war ein bemerkenswerter zarter feingliedriger Rüde, den die Kinder des Dorfes liebten und der mit seinem tänzelnden Gang jeden zum Lächeln brachte. Balu liebte mich vom ersten Moment an. Ich nehme an, er hatte sich schon immer ein Frauchen gewünscht. Verträglich wie er war, freundete er sich auch mit meiner Schäferhund-Husky-Mix-Hündin an und es machte uns große Freude, mit unseren Hunden durch den nahen Wald spazieren zu gehen.

Keiner unserer Hunde hatte jemals Aggressionen oder Angst gezeigt. Paulas Verhalten war somit eine große Herausforderung für mich. Voller Naivität glaubte ich, dass meine Liebe zu ihr alle Hindernisse überwinden würde.

Von Tag zu Tag wurde Paula anhänglicher. In meiner Gegenwart verlor sie zusehends ihre Ängste, aber sie ließ auch niemanden an mich heran. Ich hörte von einer Hundetrainerin aus dem Nachbardorf. Nach einigem Herumfragen kontaktierten wir die empfohlene anscheinend kompetente Frau. Sie kam bereits eine Stunde später zu uns ins Haus.

Paula folgte mir auf dem Fuß, als es an der Haustür klingelte und ich hinunterging, um zu öffnen. Vor der nur leicht geöffneten Tür stand eine große energisch wirkende Frau mittleren Alters, die sofort angstvoll zurückwich, als Paula sie wütend ankläffte.

So, wie ich in einem Buch gelesen hatte, ließ ich Paula in ihr Körbchen treten, angeleint natürlich, wobei mir sofort belehrend erklärt wurde, dass das der falsche Weg sei. Ich solle Paula umgehend loslassen, damit sie die Trainerin begrüßen könne. Gesagt, getan, sicherheitshalber hielt ich Paula am Halsband und öffnete die Tür. Die Hundetrainerin warf aus einiger Entfernung unvermutet ein Leckerchen Richtung Paula. Wir erschraken uns beide über diese schnelle unverhoffte Bewegung. Paula schoss nach vorne, die Hundetrainerin wich entsetzt zurück und brachte sich in Sicherheit. Wie gut, dass ich auf meine innere Stimme hörte und Paula am Halsband hielt.

„Bringen Sie sofort Ihren Hund nach oben!", keifte die Hundetrainerin. „Und schließen Sie das Tier in irgendeinem Zimmer ein!"

Ich fühlte mich bei diesem Gedanken nicht wohl, tat aber, wir mir geheißen wurde. Die Frau folgte mir zögernd die Treppe hoch, und nahm in der Diele unseres Hauses Platz, wo bereits mein Mann auf uns wartete. Paula musste wohl oder übel ins Wohnzimmer. Sicherheitshalber schloss ich die Tür ab. Als ich die immer lauter bellende Hündin mit Worten beruhigen wollte, wurde mir dieses sofort untersagt. Ich dürfe erst mit dem Hund Kontakt aufnehmen, wenn er sich vorbildlich benehmen würde. Na, das konnte noch eine ganze Weile dauern, stellte ich insgeheim fest.

Nachdem ich der Hundetrainerin unsere Lage erklärt hatte, vereinbarten wir für die nächste Woche einen Termin mit Treffpunkt am nahen Wald. Sie wollte sich erst einmal ein genaues Bild von Paula machen. Nach nur wenigen Worten war das Gespräch beendet, und sie verließ schnell unsere kleine Wohnung. Mein Mann und ich sahen uns ratlos an. Wir waren noch keinen einzigen Schritt weitergekommen.

Ich öffnete die Wohnzimmertür und eine verstörte Paula schmiegte sich lieb in meine Arme. Was blieb mir übrig? Ich streichelte und beruhigte die kleine zitternde Hündin. Sie tat mir leid, aber ich wusste nicht, wie ich ihr helfen konnte. So viel Angst, so viel Unsicherheit. Was musste Paula schon alles erlebt haben. Wir wussten nichts weiter von ihr, als dass sie von einer der gefürchtetsten Tötungsstationen in Rumänien kam. Sie hatte wohl Grauenhaftes erlebt oder mit ansehen müssen. Ich wusste von bei lebendigem Leib angezündeten Tieren, hörte von aufgehängten Hunden, von den endlosen Qualen der dortigen Straßenhunde. Das machte vieles erklärbar.

Anfangs fühlte ich mich stark genug, diesem Tier Geborgenheit zu geben. Aber von Tag zu Tag wich meine Hoffnung mehr und mehr einer Verzweiflung und Gewissheit, mich total übernommen und die Situation falsch eingeschätzt zu haben. Paula brauchte die Nähe eines ganzen Rudels. Bei uns war sie alleine auf sich gestellt. Einen zweiten Hund konnten wir aus Kostengründen nicht anschaffen.

Seit der Begegnung mit der Hundetrainerin bekam Paula Durchfall. Trotz Medikamente und liebevoller Fürsorge hatte sie im wahrsten Sinne des Wortes einfach nur noch Schiss. Den ganzen Tag war ich am Putzen. Paula war noch anhänglicher als sonst und ich sah mich genötigt, mit Frau Feldhusen zu telefonieren. Sie war besorgt über meinen Anruf, während ich mit mir haderte und mich nicht mehr als Herrin der Lage sah. Wieder einmal hatte Paula hinter meinem Rücken meinen auf dem Fußboden hockenden Mann von hinten angegriffen und in seine Jeans gezwickt. Wir vereinbarten, schon am nächsten Tag mit Paula zu Frau Feldhusen zu fahren, um ihr Verhalten bei diesem Wiedersehen zu beobachten. Fühlte sie sich etwa bei uns nicht wohl? Hatte sie Heimweh?

Ach, es war schön und schmerzlich zugleich, als wir die Wiedersehensfreude miterleben mussten. Paula winselte, freute sich, jaulte und jammerte und sprang immer wieder an Frau Feldhusen hoch. Mit Tränen in den Augen musste ich erkennen, dass Paula nicht zu mir, sondern hierher, zu ihrem großen Rudel gehörte. Dass nur dieses Rudel ihr die Sicherheit geben konnte, die sie brauchte.

Wir blieben eine lange Zeit auf dem Grundstück inmitten der vielen anderen Hunde, die uns ebenfalls freudig umkreisten und sich gerne streicheln ließen. Zwischendurch kam Paula immer wieder zu mir zurück, setzte sich neben mich und leckte mir die Hand.

Meine Gefühle sprangen hin und her und mein Herz wog mehrere Zentner schwer. Wir wollten Paulas Verhalten beobachten, wenn ich das Grundstück verließ und zum Auto ging.

Paula entschloss sich, mir zu folgen. Sie jaulte und zeigte mir, dass sie mitfahren wollte. Ich konnte nicht anders, leinte sie an und voller Freude fuhren wir mit ihr wieder nach Hause. Ach, ich war so glücklich, dass sie sich für mich, für uns, entschieden hatte.

In der darauf folgenden Nacht ließ Paula alles aus ihrem Darm heraus, was nur möglich war. Am Morgen lag sie apathisch auf ihrer Decke und wollte nicht mehr aufstehen.

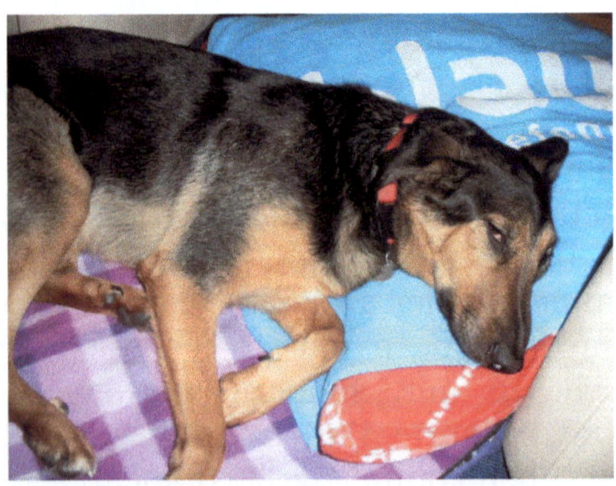

Mein Mann und ich säuberten die Wohnung, bereiteten das Frühstück und dann schickte ich einen Notruf an Frau Feldhusen ab.
Mein Entschluss stand fest. Paula hatte sich geirrt. Sie hatte Heimweh nach ihrem vertrauten Rudel.
Wenige Stunden später machten wir uns erneut auf den weiten Weg. Paula ließen wir wartend im Kofferraum unseres Fahrzeugs. Frau Feldhusen erwartete uns bereits mit einigen anderen Hunden. Sie hatte sich bereit erklärt, Paula wieder zurückzunehmen und uns mit einem Hund bekannt zu machen, der sich in ihrem Rudel nicht wohl fühlte. Bislang hatte sie sich gescheut, ihn vorzustellen, da er unserer verstorbenen Kita sehr ähnlich sah. Dieser Hund, Cassoday genannt, setzte sich sofort neben mich und schaute mich mit großen Augen an, während Paula auf dem ihr bekannten Grundstück umherrannte. Sie sprang und lief und war fröhlich und guter Dinge. Cassoday erhob sich langsam und trottete dann zu meinem Mann, um sich neben ihn zu setzen. Erfreut bemerkten wir, dass er sich in unserer Nähe wohlzufühlen schien. Wir wollten ihn zu uns holen, das hatten wir sofort beschlossen. Paula wollte jedoch immer noch keinen Abschied von uns. Abermals ließ sie sich folgsam anleinen und wir hofften erneut, sie bei uns behalten zu können. Doch leider besserte sich ihre Gesundheit nicht. Im Gegenteil. Sie behielt keine Mahlzeit mehr bei sich und ihre Augen wurden zusehends stumpf. Nach einem kurzen Telefonat mit Frau Feldhusen vereinbarten wir den Tausch der beiden Hunde.

Wir reden oft von Paula. In meinem Herzen nimmt sie immer noch einen großen Platz ein. Es ist schwer, ein Tier oder einen Menschen loszulassen, wenn man liebt. Aber manchmal muss man es einfach tun, gerade weil man liebt.

Ab und zu besuchen wir Paula. Sie ist anfangs sehr laut und bellt mich an, doch wenn sie mich dann am Geruch erkennt, meine Hand spürt, ist nach wie vor Liebe zwischen uns, Vertrautheit und Freude. Es geht ihr gut. Sie wird niemals mehr vermittelt. Sie ist glücklich und das ist die Hauptsache. Dort, wo sie lebt, ist sie am richtigen Platz.

Es gibt einen wichtigen Satz in meinem Leben:

„Wenn du etwas liebst, lass es los.
Ist es deins, kommt es zu dir zurück.“

Paula ist leider nicht zurückgekommen. Aber alles ist gut so, wie es ist... für Paula!

Nachwort:

20. September 2014. Wieder einmal besuchen wir Frau Feldhusen und freuen uns auf Paula. Sie ist ruhiger geworden, richtig erwachsen. Genau so habe ich sie mir in meinen Träumen vorgestellt, als eine elegante, bildschöne, aufmerksame schlanke Dobermann-Mix-Dame Sie lässt sich ausgiebig von mir streicheln und sieht dabei glücklich aus. Ich weiß, Paula hat bei Frau Feldhusen ihr Zuhause gefunden.
Trotz meiner Akzeptanz in diesen Umstand ist ein großes Stückchen Sehnsucht nach Paula schmerzend in meinem Herzen stecken geblieben. Ich bin so traurig, dass ich auf der Rückfahrt weine.

Mitunter überkommen mich Zweifel, ob ich alles richtig gemacht habe oder ob ich nicht genügend um Paula gekämpft hatte. War es wirklich richtig, nach nur 2 ½ Monaten das Handtuch werfen? Warum habe ich zugelassen, dass man mir meine kleine unerfahrene Hündin immer wieder madig machte und ihr einen schlechten Charakter zuschrieb? Warum habe ich anderen mehr geglaubt, als meiner inneren Stimme? Gibt es wirklich „nicht vermittelbare" Hunde?

In ein paar Wochen fahren wir wieder zu Paula, denn ich möchte diesen Kontakt nicht abreißen lassen.

Und dann gibt es ja auch noch Frau Feldhusen! Ich habe sie in mein Herz geschlossen. Wir haben beschlossen, sie ab und zu mit Futterspenden zu unterstützen, denn ihr Arbeitseinsatz für die Tiere ist bewundernswert. Die meisten ihrer umsorgten Vierbeiner kommen aus Tötungsstationen, zum Beispiel aus Ungarn oder Rumänien. Sie haben schwere Schicksale hinter sich.

Auf dem großen eingezäunten Grundstück tummeln sich derzeit 21 Hunde. Viele von ihnen sind alt, einige sind körperlich schwerstbehindert. Dazwischen wuseln Junghunde herum, übermütig und verspielt. Alle machen einen hundeglücklichen Eindruck.
Liebevoll versorgt Frau Feldhusen ihre Tiere, von denen viele wegen Krankheit, Verstümmelungen

oder spezieller Verhaltensauffälligkeiten von ihr nicht vermittelt werden.

Die Welt braucht Menschen wie Frau Feldhusen. Sie ist Vorbild für uns alle. Es tut gut zu wissen, dass es Menschen gibt, die Tierheime, Tierhilfen oder tierheimähnliche Institutionen unterstützen. Ihnen allen gehört mein aufrichtiger Dank.

CASSY

<u>Von Anfang an</u>

Ich erinnere mich noch ganz genau an den 6. Januar 2017. Der Tag des Abschieds von Paula war gekommen und wir hatten mit Frau Feldhusen verabredet, an diesem Tag unseren neuen Hund zu uns nach Hause zu holen. Mein Mann und ich waren sehr aufgeregt. Wir hatten am Vorabend beschlossen, mit zwei Autos zu fahren. Ich wollte und konnte von Paula einfach keinen Abschied nehmen. Zu sehr liebte ich diese wunderschöne Hündin. Sie aber brauchte zu ihrem Glück das ihr vertraute schützende Rudel. So war ich vorausgefahren, um mir diesen Abschied zu ersparen. Ihre Lieblingsdecke, ihr Spielzeug und ihre Leckerlis wollte ich im Voraus Frau Feldhusen übergeben. Für den neuen Familienzuwachs hatte ich eine neue Leine und Wassernapf im Gepäck. Ich freute mich unbändig auf unseren neuen Lebensgefährten. Von Anfang an zeigte er uns seine Zuneigung und wich bei unseren zahlreichen Besuchen bei der Tierschützerin nicht von unserer Seite.

Frau Feldhusen brachte den Hund und mich über die Straße zu meinem alten Auto. Bereitwillig sprang er in den Kofferraum. Ich verabschiedete mich und stieg in meinen Wagen, da kletterte der Rüde bereits am Absperrgitter des Kofferraums über die Rückbank zu mir auf den Beifahrersitz und wollte sich auf meinen Schoß setzen. Er war total aufgeregt. So konnte ich unmöglich zurückfahren. Frau Feldhusen hatte sich dieses Spektakel mit

angesehen. Ich stieg aus, öffnete die Beifahrertür, ließ den Hund aussteigen, Kofferraum auf und Hund hinein und das ganze Prozedere begann von neuem. Wir verschoben das Absperrgitter, aber leider war auch dieser Versuch nicht von Erfolg gekrönt.
Wir beschlossen, die Leine am Gitter zu befestigen, aber der Hund krabbelte seitlich erneut hindurch und stand auf der Rückbank. Er zog dermaßen stark an der Leine, dass sich das doch sehr stabile Gitter vom Boden löste und der Hund weiter nach vorne strebte. So etwas hatten wir zuvor mit Kita und Paula nicht erlebt. Welch eine Kraft steckte doch in diesem Hund. Frau Feldhusen und ich waren ratlos. Sie eilte über die Straße und suchte auf dem Dachboden ihres geräumigen Hauses eine alte Transportbox. Sicher, die Box muss schon lange dort gelegen haben und roch seltsam, aber wir bekamen den großen Rüden dort hinein und die Heimfahrt konnte endlich beginnen.

Auf halbem Weg begegnete uns mein Mann, der Paula zurück zu Frau Feldhusen bracht. Ein kurzer Gruß mit Lichthupe und mit vielen Gedanken im Kopf ging es weiter.
Während ich konzentriert meinen Blick und meine Aufmerksamkeit der schmalen Straße schenkte, hörte ich ein seltsames Geräusch. Ich fuhr sofort langsamer und wollte gerade anhalten, als ich begriff, dass dem Hund in der viel zu engen Box schlecht geworden war und er sich heftig erbrach.

Ich konnte ihm in diesem Moment nicht helfen und fuhr so schnell ich konnte nach Hause.
Endlich angekommen offenbarte sich die ganze Bescherung. Auto, Hund und Box befanden sich in erbarmungsvollem Zustand. Ich lief so schnell ich konnte in den Keller des Hauses, ließ in eine kleine Wanne warmes Wasser einlaufen, holte ein altes Seiftuch sowie ein Handtuch und eilte zurück zum Auto. Anfangs bereitete mir das Öffnen der Box große Schwierigkeiten, um unseren Vierbeiner aus seiner misslichen Lage zu befreien, dann endlich konnte er aus dem Auto herausspringen und wurde gründlich von mir gesäubert. Wir liefen eine Runde durch den Garten, bevor ich den Hund dann in sein neues Zuhause führte. Kurz darauf traf mein Mann ebenfalls zu Hause ein. Er kümmerte sich als nächstes ausgiebig um die Säuberung der Transportbox. Den Kofferraum reinigten wir später gemeinsam.

<u>Die ersten Tage</u>

Ich muss sagen, unser Hund fühlte sich gleich beim Betreten unseres Hauses heimisch. Schnurstracks durchquerte er den Flur und lief auf die nächste Tür zu. Diese Tür führt zum Eingang des Ateliers und war selbstverständlich verschlossen. Ich öffnete und schon lief er eilig durch den großen Raum. Ich schloss ebenfalls die Tür zu meinem Büro auf, um ihm alle Räume zu zeigen. Dabei sprach ich mit ihm wie mit einem kleinen Kind. Unversehens drehte er sich um, ging zum Eingangsbereich des Ateliers, wo ich in einen großen Kübel mit Grünpflanzen platziert hatte, hob sein Bein und markierte diesen Topf ausgiebig. Mein entsetztes „Nein!" ignorierte er völlig und mir fiel ein, dass er sich im Garten nicht gelöst hatte. Da der Kübel mit Sisal dicht umwickelt war, tropfte das Nass langsam auf den Fußboden. Ich legte sofort eine dicke Lage Zeitungspapier unter den Topf und trug damit das nässende Ding hinaus in den Vorgarten.

Der Hund schaute mich verwundert mit seinen großen braunen Augen an. Er verstand mein Entsetzen nicht, merkte aber, dass er etwas Falsches getan hatte. Nachdem ich das Malheur feucht aufgewischt hatte verließen wir das Atelier, um die Treppe nach oben in unsere Wohnung zu bezwingen. Zu meinem Erstaunen hatte er noch nie Treppenstufen erklommen, aber nach einigen lockenden und aufmunternden Worten klappte es sehr schnell. Ich führte ihn durch die ganze Wohnung und ging dann in die Küche, in der bereits zwei Näpfe auf seine Ankunft warteten. Natürlich füllte ich sofort Wasser ein und dankbar machte er sich darüber her.

Als er im Eingangsbereich endlich ein Plätzchen zum Ausruhen gefunden hatte, setzten mein Mann und ich uns an den Tisch und schauten erst einmal die Papiere unseres Hundes an. Unser Hund kam von der Tötungsstation Jaszbereny in Ungarn. Der Pass war auf den Namen Sàrkàny ausgestellt. Dieser Name war zweimal handschriftlich geändert worden, nämlich in Candy bzw. später auf Cassoday. Wir waren uns sofort einig, dass diese Namen nicht zu ihm passten. Als im Gespräch der Name meines Bruders „Peter" fiel, horchte unser Hund merklich auf. Er fand diesen Namen richtig toll, aber wir konnten ihn unmöglich so benennen. Was würde mein Bruder dazu sagen. Also beschlossen wir, ihm den Namen Cassy zu geben und er gewöhnte sich schnell daran. Vor allen Dingen aber gewöhnte er sich an die vielen Streicheleinheiten, die von nun an folgten. Im Internet schaute ich mir die Fotos der Tötungsstation an. So viele Hunde und ihre traurigen Schicksale. Und dann fand ich ein Foto unseres Hundes. Nach diesem Foto hätten wir ihn niemals ausgesucht. Es entsprach überhaupt nicht dem Wesen und Charakter dieses ruhigen Tieres.

Ich erfuhr noch vieles mehr über die Hunde in Jaszbereny und wie viel Mühe man sich dort gab, die eingefangenen Tiere nach Deutschland zu bringen, damit sie die Chance auf eine bessere lebenswerte Zukunft erhalten konnten.

Da Cassy erst kurze Zeit in Deutschland weilte, konnte er sicherlich nicht einmal die Grundbegriffe dieser für ihn anders klingenden Sprache.

So schaute ich erst einmal bei Google nach, wie man wohl in Ungarn mit dem Hund geredet hatte. Und ich hörte mir die Lautsprache an. Ich schrieb alles auf und fertigte Handzettel an. Alles klappte wie am Schnürchen. Der Hund verstand mich immer besser. Nach jedem ungarischen Wort sprach ich die Übersetzung und nach zwei Wochen ungefähr kannte Cassy die meisten Befehle und gehorchte aufs Wort.

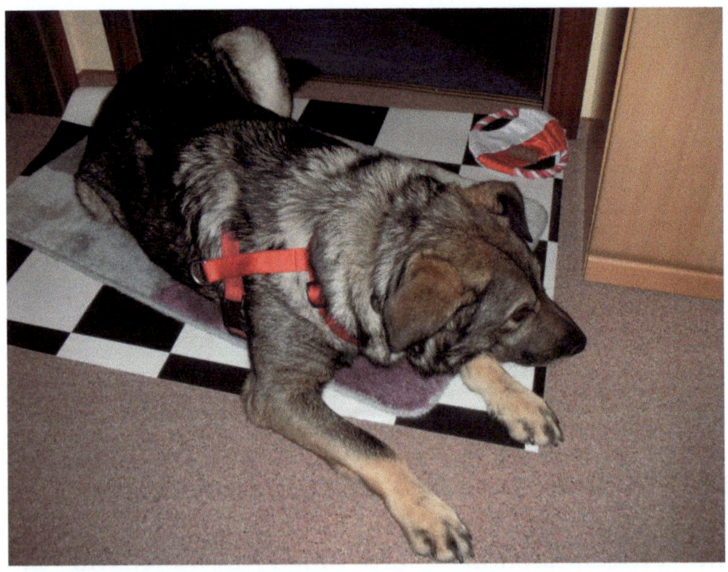

Zum Glück war Cassy vom ersten Tag an stubenrein. Wir gewöhnten ihn an vier Spaziergänge täglich. Den ersten und letzten Gang machte mein Mann. Er wollte nicht, dass ich in der Dunkelheit alleine durch die Felder lief. Die beiden mittleren Gassigänge wurden zu meinen täglichen Aufgaben und machten mir von Anfang an viel Freude. Leider wollten meine Knie nicht immer mitmachen, aber ich ertrug tapfer die Schmerzen. Wir bemerkten bereits in den ersten Tagen, dass er leicht humpelte. Nach sorgfältiger Untersuchung stellten wir eine starke Vertiefung in der Mitte seiner Wirbelsäule fest. Wenn man diese Stelle berührte, hatte er zum Glück keine Schmerzen. Vielleicht war er früher verunglückt oder böse geschlagen und verletzt worden, doch er schien keine starken Schmerzen zu haben. Somit waren, wenn ich mit ihm die Runden drehte, zwei leicht Gehbehinderte unterwegs und ich musste mitunter darüber lächeln.

Wie gut, dass es das Internet gibt. Ich wollte etwas mehr über die Rasse unseres Hundes wissen. Im Pass stand ja lediglich „Mischling". Mir war aufgefallen, dass eine ganz besondere Zeichnung auf dem linken Oberschenkel zu sehen war, Streifen, wie bei einem Waschbären. Meine Suche hatte Erfolg. Ich fand dort eine Hunderasse, die unserem Cassy äußerst ähnlich sah und zwar den „slowenischen Karst-Schäferhund", unter der Bezeichnung Kraski ovcar bekannt.
Langsam begriff ich, warum Cassy überhaupt nicht spielbereit war. Der Karst-Schäferhund ist ein

Herdenschutzhund, also ein Hütehund. Er wird als sehr gutmütig und eigenständig beschrieben, niemals bissig, sondern treu und loyal. Er ist ein aufmerksamer Wach- wie angenehmer Begleithund. Karst-Schäferhunde werden normalerweise nicht als Familienhunde gehalten, jedoch werden sie in dieser Funktion zunehmend beliebter. Die Streifen an den Flanken konnten von einem belgischen oder holländischen Schäferhund stammen.

Mit 42 kg Gewicht entsprach Cassy genau dieser Beschreibung und auch sein dichtes Fell mit reichlich Unterwolle war typisch für seine Rasse.

Auf jeden Fall waren mein Mann und ich begeistert von der Beschreibung dieses ruhigen kinderlieben Begleithundes, der in sich ruhte, wie ein Fels in der Brandung.

Große Freude machten uns die ausgedehnten Waldspaziergänge. Auch wenn meine Knie oftmals Probleme bereiteten, sie wollten ebenfalls bewegt werden. Cassy eilte voraus. Bei Fuß gehen konnten wir unserem eigenwilligen Hund nicht recht beibringen. Er stapfte mit energischen Schritten uns voraus, wie ein Wanderer, der sich etliche Kilometer vorgenommen hatte. Mitunter wurde zwar geschnüffelt, aber ansonsten lief er schnurstracks einem imaginären Ziel entgegen. Wer weiß, wie viele Kilometer dieser Straßenhund täglich zurückgelegt hatte. Wir staunten über seine Kraft und Ausdauer.

Eines Tages beschloss mein Mann, ohne mich mit Cassy durch den frühlingsgrünen Wald zu laufen. Und er meinte, der Hund wäre nun so weit, auch ohne Leine zu laufen. Welch ein Irrtum. Cassy beschleunigte sein Tempo dermaßen, dass mein Mann trotz seiner langen Beine das Tempo nicht mithalten konnte. Es muss schon ein lustiges Bild abgegeben haben, wie der Hund vorausstapfte und mein Mann hechelnd hinter ihm her eilte, bis endlich ein großes Gehöft in Sicht war. Cassy erlaubte sich zum Glück innezuhalten, um sich alles genauestens anzusehen. Das wütende Bellen der Hofhunde interessierte ihn nicht. Er stand ruhig da und beobachtete das Szenario. Für meinen Mann kam endlich die Gelegenheit, ihn an die Leine zu nehmen. Ich glaube, er hat Cassy nicht wieder im Wald von der Leine gelassen.

Eines Morgens, mein Mann wollte Brötchen holen, bat ich ihn, den Hund nach draußen zu lassen. Ich hatte mich wohl nicht genau genug ausgedrückt, auf jeden Fall meinte ich, er möge ihn in den Garten lassen. Kurze Zeit später wollte ich nach Cassy sehen, doch ich fand ihn im Garten nicht. Ich rief und rief, schaute unter den Büschen und Sträuchern nach, aber der Hund war nicht zu sehen. Ich ging ins Haus und sah, dass die Leine an ihrem Platz hing. Somit konnte ich sicher sein, dass mein Mann den Hund nicht mit zum Bäcker genommen hatte.

Ich war verzweifelt. Wo war Cassy. Hatte er sich an mir vorbei geschlichen und war oben in der Wohnung? Nein, auch dort war er nicht. Ich lief durch die Pforte zur Straße und rief nochmals aufgeregt seinen Namen. Und da kam Cassy auf mich zugelaufen. Er hatte sich neben dem Haus hinter unser Auto gelegt und wohl auf uns gewartet. Aber – wie war er dorthin gekommen? Die Pforte jedenfalls hatte mein Mann geschlossen.

Cassy muss in früheren Zeiten ein Meister des Ausbrechens gewesen sein. 15 Zentimeter reichten aus, um bäuchlings zwischen den Steinplatten und der Pforte das Grundstück zu verlassen. Von nun an mussten wir jedenfalls höllisch auf ihn aufpassen.

Die Angst, am Kopf berührt zu werden, gab sich zum Glück mit der Zeit. Eine laute Ansprache war allerdings für Cassy angsteinflößend. Allerdings gab es mit unserem Hund keine großen Schwierigkeiten und wir konnten unsere Befehle mit leiser Stimme erteilen. Ein weiterer Pluspunkt war außerdem, dass sich Cassy ausnahmslos von all unseren Bekannten führen ließ. Brav trotte er nebenher und niemals knurrte oder bellte er. Mancheiner behauptete, er sei phlegmatisch und langweilig, aber das stimmte überhaupt nicht. Es war in unseren Augen ein riesengroßer Vorteil. Dieser Vorteil zeigte sich, als mein Mann aus gesundheitlichen Gründen eines Morgens beim Bäcker zusammenbrach und der Notarzt gerufen wurde. Mein Mann hatte Cassy wie an jedem Morgen draußen angebunden. Dort saß unser Hund und wartete geduldig. An diesem Tag war jedoch alles anders. Sein Herrchen kam einfach nicht   wieder.   Stattdessen   kamen   die

Rettungssanitäter und brachten ihn in die städtische Klinik zur weiteren Untersuchung.
Einer der Sanitäter erbot sich, den Hund zu mir nach Hause zu bringen. Von der Bäckerei aus wurde mir telefonisch alles Notwendige mitgeteilt. Schnell zog ich meine Jacke über, schlüpfte in meine Schuhe und eilte dem Sanitäter entgegen. Lächelnd übergab er mir den super leinenführigen Hund. Es hätte ihm Spaß gemacht, meinte er freundlich. Ich war erleichtert.

Ganz besonders beliebt war Cassy bei den Kindern. Anfangs fragten sie, ob Cassy ein Wolf wäre. Aber dann verloren sie ihre Scheu und jeder wollte ihn berühren. Unser Hund genoss sichtlich die vielen Streicheleinheiten. Meistens zeigte er ein breites Lächeln und wedelte freudig mit seiner Rute.

An ein Erlebnis erinnere ich mich zu gerne. Wir hatten in der Stadt Einkäufe erledigt und waren auf dem Weg zurück zum Parkplatz. Eine junge Mutter mit ihrem ungefähr zwei Jahre alten Töchterchen kam auf uns zu. Das kleine Mädchen, in der Hand ein Eis haltend, wollte unseren Hund streicheln. Die Mutter schaute uns fragend an. Wir nickten lächelnd. Ganz vorsichtig strich die Kleine über den Nacken und den Rücken von Cassy. Dann hielt sie ihm das Eis unter die Nase. „Du auch mal?", fragte sie neugierig. Aber Cassy leckte zum Glück nicht daran. Das Mädchen lief um den Hund herum, griff die wedelnde Rute, rieb sich diese einige Male durch das Gesicht und strahlte. „Ei, ei,", sagte sie staunend über das weiche Schwanzfell. Es war ein ganz bezaubernder und einzigartiger Augenblick für uns alle.

Es kam eine Zeit, in der es mir gesundheitlich nicht besonders gut ging. Zeitweise lag ich sogar im Krankenhaus. Zum Glück war Cassy pflegeleicht und mein Mann nahm ihn während der Arbeitszeit mit in sein Büro. Dort genoss er die vielen Zuwendungen der Kollegen und Kolleginnen. Meist lag er aber unter dem Schreibtisch und schnarchte erbärmlich laut.

Cassy fuhr gerne im Auto mit und begleitete uns selbstverständlich mit in unser Lieblingsrestaurant. Dort lag er unter dem Tisch angeleint und so gut wie niemand bekam mit, dass ein großer Hund anwesend war. Wir waren es gewohnt, ihn immer und überall mit dabei zu haben. Als wir wieder einmal mit der Familie zum Essen verabredet waren, lag Cassy brav uns zu Füßen. Plötzlich fiel uns auf, dass es ruhig unter dem Tisch geworden war, kein Schnarchen, kein Pfötchengeräusch, nichts. Wir schauten unter den Tisch und da war ..... nichts. Mein Mann stand auf mit suchendem Blick und – entdeckte unseren Hund unter dem Nachbartisch zwischen zwei Golden Retriever Hundedamen. Es gefiel ihm dort so gut, dass wir ihn mehrfach auffordern mussten zu kommen.

Wir waren ein unzertrennliches Gespann, wobei ich erwähnen muss, dass Cassy über 2-3 Stunden auch alleine zu Hause in seinem Körbchen verbringen konnte, ohne zu jaulen, zu bellen oder Unfug zu treiben.

Für uns war es sehr bedauerlich, dass er sich in den Familien unserer Kinder nicht frei bewegen durfte. Angeleint im Treppenhaus oder auf dem Flur lag er dann und wartete treu auf uns, bis wir wieder zur Heimfahrt aufbrachen. Unsere Bekannten hatten nichts gegen ein paar Hundehaare. Sogar unsere Mutter duldete den Hund in ihrem Wohnzimmer auf dem Teppich. Cassy gehörte einfach zu uns und war selbstverständlich herzlich willkommen.

Vor ein paar Jahren, unser Cassy war inzwischen ca. 12 Jahre alt, wurden wir zu einem runden Geburtstag zum Essen eingeladen. Als ich erwähnte, dass wir unseren alten Hund mitbringen würden, um ihn nicht stundenlang alleine zu Hause zu lassen, wurde mir gesagt, der Gastgeber wünsche nicht, mit einem Hund im Raum gemeinsam zu speisen. Wir haben schweren Herzens abgesagt. Wir blieben unserem Vorsatz treu: Wer unseren Hund nicht akzeptiert, kann auf uns ebenfalls verzichten. Und so halten wir es auch heute noch.

Katzen

Mit nahezu allen Hunden vertrug Cassy sich. Wie gesagt, er war äußerst pflegeleicht. Allerdings Katzen roch er 200 Meter gegen den Wind. Man musste schon sehr aufpassen, um ihn rechtzeitig an die kurze Leine zu nehmen. Selbst als Cassy 14 Jahre alt war und sehr langsam seines Weges vorankam, raffte er in Katzennähe alle Kräfte zusammen und schoss unversehens nach vorne, um das ungeliebte Katzentier zu verjagen. Da meine Knie auch nach jahrelanger Physiotherapie nicht beweglicher wurden und mir das Laufen immer schwerer fiel, ging ich meinem Mann und Hund abends immer ein Stückchen entgegen. Es war zu schön zu beobachten, wie Cassy sich darüber freute. Wenn er mich erblickte, verzog sich sein Gesicht zu einem Lachen, die Augen leuchteten und ein glücklicher Hund kam so schnell er eben konnte auf mich zu gelaufen.

Eines Abends hatte ich auf meinem Weg eine Katze entdeckt, die allerdings zurück in den Garten des Hauses lief. Erleichtert ging ich weiter, meinem Mann und Hund entgegen. Ich übernahm die Leinenführung und drehte mich um.

Ich wollte die Leine gerade um mein Handgelenk winden, da kam die Katze unversehens auf unseren Weg gesprungen, direkt vor unsere Füße. Cassy machte einen Riesensatz und ging auf die Katze los, derweil ich mit dem Ruck nicht gerechnet hatte und brutal nach vorne gezogen wurde. Ich stürzte unversehens und haarscharf mit meinem Gesicht an einem großen Grenzstein vorbei. Dann landete ich schmerzhaft bäuchlings auf dem Weg. Mein Kiefer krachte durch die Schwerkraft auf die harten Steine, denn ein Abstützen war mir nicht mehr möglich gewesen. Schmerzen rasten durch meinen Kopf und durch den gesamten Körper. Ich vermag das kaum zu beschreiben. Mir war schrecklich schwindelig und mein Mann hatte Mühe, mich nach Hause zu bringen.

Zum Glück war nichts gebrochen, aber wochenlang blieb mir diese Eskapade in Form von Schmerzen, blauen Flecken und Blutergüssen in Erinnerung.

Der Abschied naht

Die letzten Jahre mit Cassy waren unbeschreiblich anstrengend. Bei Spaziergängen schleppte er sich nur langsam Meter zu Meter voran. Oft blieb er

ruckartig stehen, schaute still vor sich hin und war
froh, wenn wir wieder zu Hause ankamen und er
sich zu mir ins Atelier oder in mein kleines Büro
legen konnte.

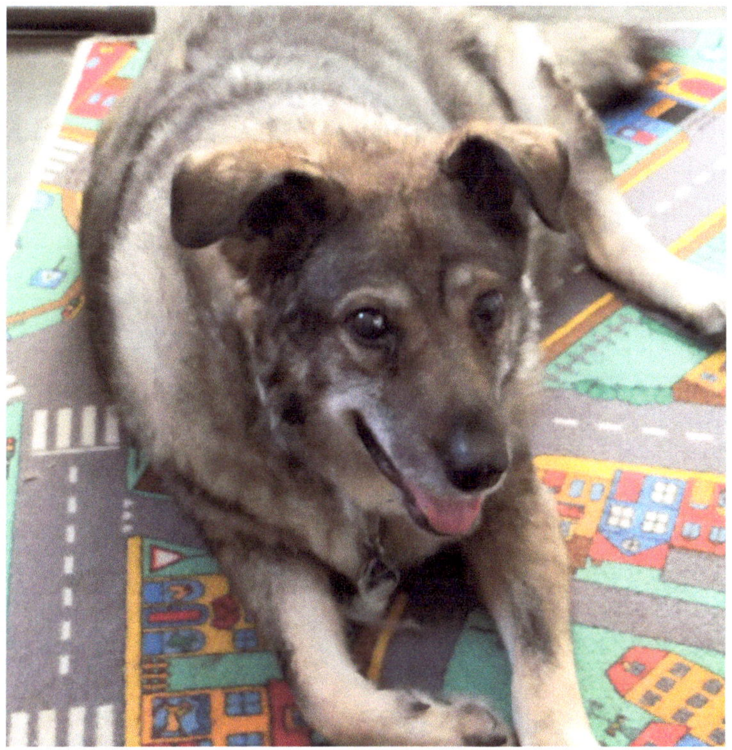

Cassy genoss die Ruhe, die Liebkosungen und auch
die vielen kleinen Leckerlis. Kaum vermochte er die
Treppen zu erklimmen und so manches Mal zerrte
er sich die Bänder. Die vielen Besuche beim Tierarzt
waren unvermeidlich. Immer wieder fragten wir

nach, ob die Zeit, sich zu trennen, nun gekommen sei. Jedes Mal schüttelte der Tierarzt den Kopf, gab Cassy eine Spritze oder änderte die Dosis der Medikamente. Wir liebten unseren Hund, doch die langsamen Wege, die wir noch mit ihm gingen, strapazierten zusehends unsere Gesundheit. Mein Mann und ich litten gemeinsam unter Rücken- und Knieproblemen, das ruckartige Stehenbleiben des Hundes strapazierte zusehends unsere Muskeln und Gelenke, jedoch wollten wir Cassys Lebenszeit nicht durch Egoismus verkürzen.

In der Nachbarschaft schaute man sich unser Prozedere mit Unbehagen an. Wir wurden darauf angesprochen, dass der Hund doch Schmerzen hätte und wir ihn als Besitzer zu erlösen hätten. Sollten wir uns etwa als Tierquäler fühlen. Cassy zeigte uns immer wieder durch dankbare Blicke und liebevolles Verhalten, dass er zum Sterben noch nicht bereit war und auch der Tierarzt meinte, es wäre noch viel zu früh, um über einen Abschied nachzudenken.

Eines Morgens, wie immer hatte Cassy neben meinem Bett geschlafen, konnte er sich nicht mehr erheben. Seine Hinterläufe sanken ein, die Hüfte verschob sich nach links und hilflos schaute mein lieber Hund zu mir. Angst stand in seinen Augen. Mein Mann hatte große Mühe, ihn die Treppe hinunter zu bringen. Wir hatten eine Woche zuvor ein sündhaft teures Tragetuch für Cassy gekauft, mit dem wir ihn beim Treppensteigen unterstützen konnten. Aber nun war selbst dieses Tuch keine Hilfe mehr. Mein Mann beschloss, den Hund ein kleines Stück laufen zu lassen, damit er sich lösen konnte und danach den Tierarzt zu benachrichtigen. Wir konnten Cassy und uns keine weiteren Schmerzen mehr zumuten. Der Tierarzt war bereit, zu uns nach Hause zu kommen, damit unser Liebling in gewohnter Umgebung sterben konnte. Uns war hundeelend zumute. Ich nahm Cassy mit in mein Büro auf seine Lieblingsdecke.

Seine ihm dargebotenen Leckerlis verzehrte er mit großem Wohlbehagen und auch die vielen Streicheleinheiten ließ er sich nur zu gerne gefallen. Kurze Zeit später traf der Tierarzt ein. Er hatte nur wenige Dinge im Gepäck und ging unversehens an die Arbeit. Mir wurde ganz schlecht, als ich die große, mit blauer Flüssigkeit gefüllte Spritze sah. Der Tierarzt nahm unversehens einen Rasierapparat und begann, das rechte Pfötchen vom Fell zu befreien. Dann wollte er die Spritze ansetzen, was aber misslang. Zaghaft fragte ich, warum es nur eine Spritze gab und Cassy zuvor keine so genannte Schlafspritze bekam. Der Arzt war übellaunig, weil der Hund nicht ruhig lag und er noch einmal von vorne beginnen musste. Er meinte nur, das läge einzig und alleine daran, dass es im Zimmer so eng wäre und dass er nicht in der Praxis arbeiten könne. Dann rasierte er das linke Pfötchen, während mein Mann unseren Hund fest im Arm hielt. Cassy wehrte sich vehement gegen die unsanfte Behandlung. Mir tat vor Verzweiflung das Herz weh. Dann war es soweit. Die Spritze glitt hinein und nur Sekunden später war Cassy in sich zusammengesackt.

Wir waren entsetzt. So schnell, so lieblos war das Leben dieses braven Hundes zu Ende gegangen. Die Blase entleerte sich auf dem Teppich. Ungläubig schauten wir den Arzt an, für den das alles nur Routine war. Er stand auf und wollte sich sofort die Hände waschen. Danach verließ er unser Haus, um zu seiner Praxis zurückzufahren. Wir standen hilflos bei unserem toten Cassy und konnten unseren Schmerz kaum fassen.

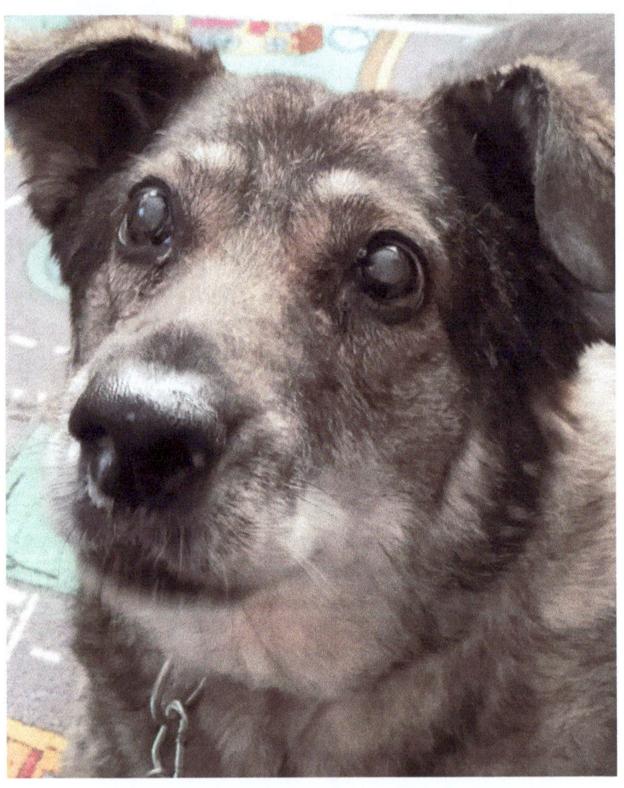

Wir ließen unseren Tränen freien Lauf. Dann riefen wir das Tierkrematorium an und Cassy wurde noch am selben Tag abgeholt. Auf einer liebevoll mit roter Decke dekorierten Liege wurde er sanft in das Fahrzeug gebracht. Wir suchten anschließend eine Urne für unseren Liebling aus, ein weißes Herz aus Keramik. Dann standen wir an der Straße, bis der Lieferwagen mit unserem Cassy aus unseren Augen verschwand.

An die Stille im Haus konnten wir uns anfangs nicht gewöhnen. Im Treppenhaus brannte jeden Tag eine weiße Kerze bis, ja bis endlich mit der Post die Urne mit unserem Cassy bei uns eintraf. In dem Paket lag sicher verpackt das weiße Herz mit seiner Asche. Dazu Begleitpapiere, liebevolle Worte und eine gelbe Rose. Wir ließen die Urne einige Tage bei der Kerze im Treppenhaus. Dann entschlossen wir uns, endgültig Abschied zu nehmen.

Die Urne war zum Glück nur leicht verschlossen. Wir öffneten sie und verstreuten die Asche auf Cassys Lieblingsplätzen. Einer davon war unter dem alten Apfelbaum, in dessen Schatten er sich an heißen Sommertagen gerne gelegt hatte. Er war die längste Zeit seines Lebens ein Straßenhund gewesen, liebte die Natur und weite Spaziergänge. Für uns war es selbstverständlich, ihm nach seinem Tod die Freiheit zurückzugeben. Die Urne haben wir im Garten gleich neben dem Grab unserer Kita abgelegt.

Inhaltsverzeichnis

Brigitte Anna Lina Wacker wurde 1953 in Voigtding, jetzt Wingst, geboren. Sie lebt und arbeitet als freischaffende Künstlerin in Cuxhaven.
Bereits in ihrer Kindheit schrieb sie Gedichte, als Jugendliche widmete sie sich der Porträtmalerei.
Nach einem folgenschweren Unfall veränderte sich schlagartig ihr Leben. 1987 begann sie, sich mit Malerei ernsthaft zu befassen und in zahlreichen Kursen ausbilden zu lassen. Zur gleichen Zeit schrieb sie ihre ersten lyrischen Verse.

Im Jahr 2000 erschien ihr erster Kunst-Lyrik-Bildband im Eigenverlag.
2005 folgte ein Engelbildband in limitierter Auflage.

Veröffentlichungen ihrer Gedichte und Kurzgeschichten erfolgten im eigenen Buch „Gefühlt-Gespürt-Geträumt" und in diversen Anthologien des Wolkenreiter-Verlags Fuldatal.

2011 wurde ihr Gedicht „Ich bin" in der Jokers-Gedichte-Datenbank der besten deutschsprachigen Gedichte veröffentlicht.
2012 wurde ihr Gedicht „Wunder Engel" in die Anthologie „Einfach nur ein Engel", net-Verlag, aufgenommen. Ebenfalls im Jahre 2012 erschienen die ersten Kurzgeschichten und Romane im BoD-Verlag

FSC
www.fsc.org
MIX
Papier aus ver-
antwortungsvollen
Quellen
Paper from
responsible sources
FSC® C105338